ET APRÈS L'ÉTÉ…

Éléonore Dervieux

ET APRÈS L'ÉTÉ…

Roman

Préface de Michel Bussi

TERRES DE FRANCE

Les Presses de la Cité

92, avenue de France – 75013 Paris
ISBN 978-2-258-20993-0
Dépôt légal : septembre 2024

À ma mère, mon frère, ma sœur,
Et à mon père, de tous les rayons de mon cœur

Si le ciel et la mer sont noirs comme de l'encre,
Nos cœurs que tu connais sont remplis de rayons !

Charles BAUDELAIRE
« Le Voyage », in *Les Fleurs du mal*

Préface de Michel Bussi

Jean Anglade fut un auteur prolifique et populaire, très attaché à sa région, l'Auvergne, et en particulier la ville de Thiers. Ses romans possèdent néanmoins une véritable universalité, à travers un style précis, vif, toujours empreint d'humour, voire d'ironie, sans se départir d'une immense tendresse pour ses personnages.

Je suis particulièrement fier d'avoir été le président du jury 2024 du prix Jean Anglade, et de vous présenter ce roman d'Éléonore Dervieux.

L'Auvergne, chère à Jean Anglade, est ma seconde région de cœur. La Normandie, où j'habite depuis toujours, est la première. Ce roman permet de lier les deux, puisqu'il se déroule dans un lieu imaginaire, proche de Granville. Une ville envoûtante où je me suis rendu souvent, enfant…

Et après l'été… traite de thèmes qui me touchent particulièrement : l'enfance, l'adolescence, les secrets de famille, la magie et le fantastique qui sublime le réel… et même les années 1990 ! Éléonore Dervieux parvient à nous faire ressentir, à partir d'une observation très juste, entre vacances et insouciance, le passage douloureux de cette enfance à l'âge adulte.

Le prix Jean Anglade récompense un premier roman, et donc une nouvelle autrice. Ce prix est ainsi une main tendue à un nouveau talent, et c'est un honneur pour moi d'en être le passeur.

Je vous souhaite un bel été normand avec Esther. Animée par la plume délicate d'Éléonore Dervieux, elle vous plongera dans le souvenir nostalgique de votre propre adolescence, ou, si vous l'êtes encore dans votre corps ou votre tête, vous tendra un miroir aussi fidèle qu'émouvant.

Le premier jour

1

Lorsqu'elle se faufila dans la cachette, elle songea qu'à la saison prochaine, cela lui serait impossible. C'était peut-être le dernier été où elle était assez petite pour s'y blottir. Ce n'était pas une histoire d'âge, non, alors là, vraiment pas. C'était une simple histoire de gonflement. L'histoire d'un surplus soudain de peau, de chair, qui proliférait, foisonnait, grimpait sur son dos pour reconstituer une nouvelle personne, comme les miettes du pain qu'elle avait ramollies de la pulpe de son doigt au déjeuner, avant de les rassembler en une boulette difforme mais plus imposante. Ce nouvel enrobage finirait un jour par recouvrir définitivement sa vieille peau de vieil enfant pour l'étouffer à jamais. Et alors elle ne pourrait plus rentrer dans la cachette. Elle le savait. Mais elle ne savait pas trop quoi en penser.

Ce qui l'angoissait surtout, c'était le rythme, observé et dûment noté, de sa mue. Ses os poussaient bien trop rapidement ces derniers temps.

Selon elle, ça se passait la nuit. Quand elle baissait la garde et ne pouvait plus se contraindre à rester d'une taille acceptable. Dans la journée, elle prenait ses précautions et s'efforçait de se tasser. Elle serrait les poings, les dents, limitant toute possibilité de percée pour ne pas provoquer un élan soudain de croissance. Mais la nuit, quand le repos détendait les muscles de sa mâchoire, les os reprenaient leur chantier de grand prolongement muet et posaient doucement, dans la brèche cotonneuse de son sommeil, les fondations bancales d'un nouveau corps inconnu et élastique. Ils s'étiraient, sournois, sans craquer – évidemment, ça aurait attiré son attention – pour la surprendre au réveil dans la longueur un peu ridicule d'un orteil lorsqu'elle inspectait d'un œil inquiet son drôle de reflet de ville nouvelle.

En plus d'être sournoises, les forces ennemies étaient brouillonnes. Elle avait remarqué quelques malfaçons. Son bras gauche, par exemple, dépassait de quelques centimètres son bras droit. C'est Phil qui le lui avait fait remarquer hier à la cale. À la suite de quoi elle avait condamné à la torsion l'épaule fautive pour le reste de l'après-midi, astreignant son bras, que la nuit avait étiré comme un morceau de guimauve, à pendre convenablement. C'est-à-dire un peu moins.

La cachette qu'elle avait choisie cet après-midi tombait à pic. Elle ne pouvait contenir qu'un petit corps recroquevillé dans l'enfance. Si elle y passait un temps suffisant, si elle y restait longtemps compressée, elle imprimerait la forme de ce moule de béton à son organisme, telles des bandelettes enserrant un pied menu, gagnant au moins quelques jours de trêve. Elle pensa aux petites silhouettes pétrifiées pour toujours dans l'enfance par la cendre de Pompéi dans son livre sur l'Antiquité. À leurs os fossilisés qui ne menaceraient plus jamais de s'étendre. Elle répliqua la pose et écrasa ses genoux contre ses paumes, collant son front entre ses jambes, formant elle-même sa propre écorce dans laquelle elle pouvait sentir son haleine tiède, tendre et accueillante.

Le sable de l'allée crissa. Elle retint sa respiration. Elle ne voulait pas être découverte la première. Il était important d'être au moins parmi les deux derniers à cache-cache. Et il fallait profiter de cet abri de choix, sans doute conçu à cet unique effet. Elle tendit l'oreille. Les pas étaient ceux d'une seule personne, rapide et leste, probablement Solange. Elle n'avait donc pas encore déniché les autres. Elle arrivait par-derrière. Cela représentait un grand danger car les fusains ne rongeaient pas l'ensemble de la structure de béton et pouvaient exposer un morceau de dos à un œil aguerri. Mais Solange n'était plus la chasseuse ingénieuse qu'elle avait été. Il y avait déjà plusieurs étés qu'elle cherchait du bout des yeux, effleurant plutôt qu'inspectant, sans méthode ni minutie, considérant à peine les placards et les recoins où champignonnaient pourtant les refuges prometteurs, balayant des périmètres de plus en plus larges avec de moins en moins d'invention. Le secret des bonnes cachettes, celui des branches d'arbre sous lesquelles se glisser, des coins mousseux et feuillus du jardin où se tapir, des fonds de cagibi où disparaître, lui avait pourtant été donné, comme à tous les enfants. Mais elle l'avait oublié dans quelque recoin de la maison. Sans doute quand ses os avaient poussé.

Les pas se rapprochaient et Esther s'immobilisa, enfoncée dans ses genoux. Seuls ses yeux, intensément concentrés sur son désir d'inertie, remontaient à la surface à très brefs intervalles, comme ceux d'un crapaud immergé surveillant l'arrivée d'un renard. Solange avait dépassé la cachette sans même l'envisager. Prévisible et décevant à la fois. À présent, Esther ne risquait plus rien. Elle releva la tête et tendit ses épaules vers l'arrière. Dans les tilleuls pâlots qui bordaient l'allée, ensoleillée pour la première fois depuis son arrivée, les étourneaux pépiaient paresseusement. À l'heure de la sieste, perçant le silence de la maison endormie, leur chant était assourdissant.

Puis ce fut au tour du téléphone, celui de la chambre des grands-parents, qui poussa un premier cri strident. Esther compta. Il fallut à sa grand-mère quatre longs gémissements pour émerger de son sommeil, pousser l'une devant l'autre ses pattes endolories et décrocher le combiné. Après le repas, la maison digérait, hors du temps, et ne reprenait vie qu'à seize heures, quand on allumait la télé pour le Tour de France. Dans cet intervalle, à partir de l'instant où la porte de la chambre des grands-parents se fermait, la maison retenait sa respiration et le repos venait envelopper le moindre objet qu'elle contenait tandis que les murs se resserraient sur le temps suspendu. La pendule du salon elle-même ralentissait dans un soupir et les enfants sortaient tranquillement retrouver l'air frais et la vie dans le jardin, décor de toujours. La personne qui appelait ignorait cette loi organique de la sieste à laquelle les hommes et les murs des Hortensias se soumettaient naturellement.

Le silence revint quelques secondes puis la porte du salon s'ouvrit sur le jardin.

— Esther ? Esther ? C'est ta maman au téléphone, elle veut te parler.

Évidemment que c'était sa mère. Qui d'autre ? Jamais son père n'aurait commis l'erreur d'appeler à une heure pareille. Il connaissait la règle de la maison, lui dont elle avait abrité l'enfance, il y a quelque temps.

Même si elle avait voulu parler à sa mère, Esther n'aurait pas bougé. Déjà parce que cet exercice de contraction des os était bon pour que sa carcasse conserve son format actuel, tout à fait adéquat. Ensuite parce qu'elle ne voulait pas manquer le plaisir de voir briller l'envie dans les yeux de ses cousines. Elle avait déjà tout imaginé. Elle sortirait la dernière des fusains. Puis expliquerait avec une fière humilité, en époussetant la terre et le sable sur ses vêtements, comment elle en était venue à envisager l'endroit, repéré quelques jours plus tôt. Par quel sordide coin elle s'y était faufilée, à quatre pattes. Combien ç'avait été pénible d'y rester terrée tout un après-midi, mais combien la gloire qu'elle espérait tirer de tout cela lui avait permis de surmonter ces épreuves, la tête haute. Elle tairait ce dernier point.

Elle n'avait pas entendu la porte de l'entrée se refermer. Sa grand-mère était probablement sortie sur le perron, la cherchant des yeux.

— Esther ? Je sais que tu m'entends. C'est ta mère au téléphone, viens vite ! C'est important !

Elle dut rester là encore quelques instants, poings sur les hanches, avant de tourner les talons, lentement, pour s'accorder de nouveau à la mollesse de la maison engourdie, laissant Esther dans ses fusains.

Maman rappellerait, de toute façon. Il n'y avait aucun doute là-dessus. Et puis c'étaient les vacances, c'était Granville. C'était la saison de la mer et de l'herbe fraîche : Esther l'avait attendue toute l'année. Lorsqu'elle avait préparé sa valise, elle n'y avait plié que le strict nécessaire. Quelques vêtements d'été, une demi-douzaine de robes légères, sa nouvelle paire de lunettes d'aviateur, ses baskets préférées. Un tout petit bagage, où il n'y avait pas assez de place pour le reste – le pesant, le désordre, la drôle de lueur au fond de l'œil de sa mère la veille du départ. Pas assez de place pour tout ce qu'elle avait laissé derrière elle à Paris. On n'emporte pas ces choses-là sur le sable. En fermant la porte le jour du départ, elle avait eu une pensée pour l'Esther qui reviendrait et à qui elle laisserait le soin de ranger.

Vue !

Esther glissa un œil de côté. Deux mollets raides comme des fuseaux venaient d'adresser la sentence. Solange n'avait même pas pris la peine de s'accroupir. Esther fronça les sourcils et dégagea avec précaution ses deux jambes engourdies avant de tordre curieusement le flanc pour s'extirper totalement de l'abri dans une pénible pirouette supposée souligner le mérite qu'elle avait eu d'épouser la forme d'une cachette si difficile d'accès. Mais Solange, qui inspectait ses ongles, ne remarqua rien.

— Mamie te cherchait, t'as pas entendu ? dit-elle en faisant éclater une bulle odorante entre ses lèvres brunies de toute jeune fille rousse.

Le soleil dans ses cheveux glissait par endroits des fils dorés. Esther pouvait les voir, parfois les compter. Elle l'enviait. Ses cheveux à elle, au soleil, ne doraient pas. Ils demeuraient rouges. Rouges comme sa peau blanche sous l'eau chaude.

— Non. Mais elle est réveillée du coup ?

— Ouais, je pense, enfin elle doit être repartie se coucher, répondit Solange en écartant un bout du chewing-gum qui s'était collé sur le coin de sa bouche.

— Ah. Et tu as trouvé les autres ?

— Pas encore, on y va ?

— Vas-y, je te rejoins, je dois passer aux toilettes, heureusement que tu m'as trouvée rapidement, précisa Esther en insistant sur le *heureusement* histoire d'engloutir le *rapidement* et de se redonner une contenance. Tu me files un bout de chewing ?

Solange sortit de sa poche le boîtier en plastique rose Hubba Bubba qu'elles avaient acheté à la supérette au début des vacances avec le pot commun. Elle déroula la lanière pastel et farineuse de gomme cerise-pastèque et en coupa un tout petit morceau, quelques centimètres à peine, qu'elle tendit à sa cousine.

— T'es sérieuse, c'est quoi ce bout de nain ? Toi t'en as un plus gros ! s'insurgea Esther.

Solange était la plus âgée. Quinze ans de Solange contre douze d'Esther et neuf de Philippine. Cela lui donnait tous les privilèges.

— Si on veut que ça dure, il faut se restreindre, ma petite. Et puis si tu manges trop, tu vas grossir. T'as déjà pris deux Mars glacés à midi.

Esther ne trouva rien à rétorquer. Elle pensait que personne ne l'avait remarqué, mais elle avait effectivement mangé un deuxième Mars au déjeuner. Elle prit son dû et jeta un dernier œil à la cachette. Franchement, elle n'était pas mal du tout.

2

Esther ne passa pas par l'entrée principale pour rentrer dans la maison. Ruser par l'entrée nord, celle de la cuisine, permettait de contourner la chambre des grands-parents et la possibilité de rappeler Paris. Elle s'appliqua à entrebâiller la porte, ne laissant que l'espace suffisant pour s'y glisser de côté. Quelques centimètres de plus et le bois mal raboté du cadre frôlait alors le carrelage et le faisait hurler.

L'odeur des Hortensias était saisissante. Tapie derrière les portes, elle guettait le pas du nouvel arrivant pour le happer dès qu'il franchissait le seuil. Elle ne le lâchait plus et lui serrait les narines comme on serre le bras de celui qu'on ne veut pas voir s'éloigner. C'était un capiteux entrelacs, affiné au fil des saisons. La marinade du bois pourri par l'humidité, des serviettes de bain salées oubliées sur une chaise, de la graisse des escalopes du dernier repas qui avait brûlé puis refroidi dans une poêle abandonnée à côté de l'évier, des fauteuils du salon imprégnés des fragrances de chaque habitant, mort ou vivant, et de la chair usée des grands-parents, qui selon Esther sentait plus fort parce qu'elle était en décomposition. Les cousines flairaient le parfum quand elles arrivaient au début des vacances. Il leur annonçait la saison. Puis elles s'y acclimataient comme à la cuisine de Françoise qui donnait des crampes d'estomac à Phil les premiers jours. Elle disait alors qu'elle avait la *tourista* mais que ça passerait.

La cuisine, comme le reste de la maison, était vétuste. Depuis qu'ils avaient acquis Les Hortensias au milieu des années 1960, *pour une bouchée de pain*, les grands-parents n'avaient pas jugé utile de réaliser les moindres travaux, en dehors de l'ajout de toilettes au premier, presque trente ans plus tard. Jusque-là, ils avaient très bien vécu avec un seul trône. Hormis cet appendice, la maison, son jardin et les meubles qu'elle contenait n'avaient pas été touchés. L'ensemble s'était donc progressivement fossilisé, si bien que buffets, bibelots et poussière ne se distinguaient plus, formant de grandes masses sédimentées entre lesquelles la vie passait. Lorsqu'on le faisait remarquer à Françoise, elle répondait que sa maison était restée *dans son jus*.

Qu'elle y rencontrait, dans les yeux d'une poupée délaissée sur une commode, ceux de sa fille quand elle avait dix ans, que ça lui réchauffait un peu le cœur. Lorsqu'on lui demandait si cela ne la gênait pas, cet amoncellement d'objets, superposés depuis des décennies, elle répondait que non, qu'elle avait toujours conçu la maison comme cela. Comme une grande tente de béton sous laquelle on viendrait camper l'été et parfois l'automne. En fait, il ne fallait surtout pas s'embêter. Le désordre, la saleté, les coins de pièce qui s'effritent, aux yeux de Françoise, c'étaient les vacances. Antoine, son mari, s'en foutait. Seuls deux commandements méritaient pour lui une observance stricte au sein de sa demeure : les repas à heures fixes et le caractère dégagé du trajet qui séparait la porte à carreaux vitrés de sa chambre de son fauteuil, dans le salon. Quatre pas de vieillard, deux bonds de gamines. Tout ce qui obstruait son chemin, une chaise, une balle, une de ses petites-filles, se faisait maudire en provençal. C'est ainsi qu'Esther avait appris le mot « sarpiasse », qu'elle lançait à ses cousines de temps à autre.

À cette heure, la machine à laver fredonnait, berçant le sommeil des grands-parents. Les fromages qui n'avaient pas été rangés suaient sur le buffet en bois de teck. Des petites gouttes perlaient à leur surface. La vision procura un haut-le-cœur à Esther, qui sortit de la pièce pour traverser le salon sur la pointe des pieds. Elle prit bien soin de ne pas regarder l'horloge dont elle avait peur parce qu'elle était ensorcelée – elle sonnait treize coups à minuit –, et s'engouffra dans le boyau qui menait à l'escalier.

La vérité, c'est que la maison était la propriété des anges et des fantômes dont Esther voyait les visages grimacer dans les poutres ou prendre vie dans le drôle de sourire dessiné par les jeux d'ombre de la fin d'après-midi sur le papier peint. Parfois même, les jours de grand vent, elle affirmait entendre les échos des Hortensias rejeter les rires des vieux enfants qui avaient habité là avant elle et les tasser en paquets, accroupis au fond d'un couloir. Sa grand-mère répondait que oui, peut-être bien que c'était cela. Peut-être bien aussi était-ce tout autre chose. Peut-être bien que c'était seulement le vent qui soufflait et l'imagination d'Esther qui s'emballait. Qu'elle en avait beaucoup, de l'imagination. Mais que ce n'était pas bien grave. Que c'était *de son âge.*

Dans l'esprit plus prosaïque des vivants, la maison était divisée en deux territoires. Celui des adultes, au rez-de-chaussée, et celui des enfants, à l'étage. Les deux mondes se frôlaient à toute heure dans le salon. Néanmoins, la table des repas était le seul lieu où ils coexistaient réellement. Une chambre, là-haut, faisait exception. Elle était destinée à accueillir des invités adultes. Du vivant des cousines, cela n'était jamais arrivé. C'était donc une information purement historique, peut-être bien une légende.

À l'étage, tout de suite après l'escalier, il y avait une salle de bains, vert citron. Puis, tout à fait à droite, au bout du couloir, cette chambre, la chambre bleue, celle des invités, sans histoire et donc sans intérêt. Sur la gauche, on tombait sur la chambre jaune, celle de Solange, dont la porte était de plus en plus régulièrement fermée, parfois même au nez d'Esther et de Phil. Au fond, une troisième chambre dans laquelle on ne rentrait jamais, parce que c'était celle de Claude, qui était morte. À l'inverse du reste de la maison, cette pièce n'avait pas d'odeur. Une fois, Solange et Phil y avaient enfermé Esther, dans le noir, pendant plusieurs heures. Esther avait eu l'impression de quitter l'existence. Elle disait depuis qu'elle n'avait pas peur de la mort. En réalité, comme avec l'horloge ensorcelée, elle évitait de s'approcher de la chambre de Claude. Celle d'Esther et de Phil, la plus grande de l'étage, se trouvait au milieu. Deux lits jumeaux en rotin se faisaient face de part et d'autre d'une grande fenêtre en arc de cercle qui donnait sur le jardin et l'allée. Depuis la fenêtre, on pouvait lancer des pommes de pin sur les passants ou observer les verdiers. Ou tout simplement lire, adossée à l'un des murs. Et, de ce perchoir, scruter les allées et venues des adultes dans le monde d'en bas et parfois celles des fantômes dans le monde d'en haut. Une malle en osier renfermait des affaires qui avaient appartenu à d'autres enfants. Phil dormait dans le lit de gauche, dans lequel avait dormi son père, Esther dans celui de droite, dans lequel avait dormi le sien. Connaissant l'hygiène de leur grand-mère, les draps étaient sans doute les mêmes. Une fois, Esther s'était fait la réflexion qu'elle partageait cet espace avec son père enfant, que leurs existences y étaient comme superposées, qu'ils y avaient tous deux ri, pleuré, qu'ils s'étaient assis sur les mêmes chaises, avaient fait leurs besoins dans les mêmes toilettes, éprouvé la même gêne dans ce moment délicat au sein d'une maison pleine à craquer, lavé leurs frimousses dans la même vasque, et elle s'était demandé qui était ce petit garçon d'un autre âge qui avait son sang et si lui et elle auraient pu être amis.

Elle s'approcha de la fenêtre et vit Solange arpenter la pelouse, traînant ses baskets comme on traîne son ennui, toujours à la recherche passive de Phil et des deux voisines de l'allée, Camille et Louane. Elle repensa à sa cachette – quand même pas mal –, à ses os, jeta d'ailleurs un œil au miroir en pied posé contre le mur pour vérifier que tout était en ordre. Puis elle se rappela le coup de téléphone et s'étendit sur son lit en pensant à son père, son père adulte, qui lui aussi était allongé à cette heure.

3

Peu avant que la grosse normande sonne vingt heures, la porte vitrée de la chambre des grands-parents devait s'ouvrir et le rituel, le même depuis toujours, s'accomplir. Antoine, qui avait remplacé son assiduité à la messe par les repas à heures fixes, ferait glisser ses savates grises sur les carreaux de ciment, économe de ses mouvements comme si chaque pas pouvait le briser. Il prendrait place en bout de table, avec l'autorité lente de celui qu'on nourrit. Puis il se figerait dans un faux calme de ciel avant l'orage, les bras croisés sur la panse, promenant son œil hagard et à l'occasion curieux sur chacune de ses trois petites-filles, muet. Et soudain, il gronderait : « Françoise ! Et alors ? Zou, j'ai faim ! Qu'est-ce que tu fabriques, l'artiste ? » avant de marmonner « Qu'est-ce qui m'a fichu une trapéziste pareille ? ». Les filles, craintives, car elles connaissaient ses foudres inattendues, et néanmoins amusées, poufferaient dans leurs serviettes. Sauf Solange, dont ces brèves tempêtes, qui l'agaçaient, faisaient frémir les os poussés, et qui tournerait sa nuque inquiète vers la cuisine. Des petits claquements de talons pressés comme une pluie fine se feraient plus sonores pour annoncer « Voilà, ça arrive ! », et Françoise, le front soucieux mais l'air enjoué, engloutie par la cuisine depuis la fin de l'après-midi – depuis qu'elle était devenue mère, en vérité –, ferait son apparition les mains chargées. Elle poserait l'assiette fumante sur le dessous-de-plat en liège au centre de la toile cirée cramoisie constellée de taches ancestrales, éviterait de croiser les sourcils froncés d'Antoine et esquisserait à l'intention de Solange un sourire qui voudrait dire « c'est normal, tu sais », où bien « merci ma petite chérie de te soucier de moi » ou encore « tu comprendras quand tu seras mariée ». Esther avait entendu sa mère dire de Françoise qu'elle en avait avalé des couleuvres dans sa vie. Ne connaissant pas le sens de l'expression, elle imaginait un bocal rempli de serpentins colorés dans lequel la main de sa grand-mère piochait avec la gourmandise indécise de qui plonge dans un bocal de dragées.

Ce soir-là, à vingt heures, lorsque les trois cousines firent irruption en territoire adulte, les portes vitrées de la chambre étaient encore fermées et la cuisine déserte. Le son étouffé de deux voix qui chuchotaient vigoureusement, car ces voix émanaient de deux corps dont les oreilles n'entendaient plus trop bien, parvint aux filles de derrière la paroi.

Quelque chose de peu ordinaire se tramait. Solange et Esther, qui s'étaient rapprochées de la porte afin de ramasser quelques miettes de la conversation secrète, tels deux moineaux après un pique-nique, n'avaient pas vu Phil prendre la direction du salon, chausser les pantoufles d'Antoine, ses lunettes à écailles destinées aux mots croisés, rentrer sa tête dans ses épaules, gonfler son ventre et pincer entre ses quenottes la pipe qui gisait sur la console.

— Françoise ! Et alors Françoise ! mugit-elle sous cape.

— Mais chut, espèce de débile ! souffla Solange en s'efforçant de ravaler le rire qui lui montait entre les dents et qui ne devait surtout pas jaillir.

Elle avait pris la résolution de demeurer froide et aussi distante qu'elle le pouvait des deux petites dindes.

— J'essaie d'entendre ce qu'ils se racontent, là.

Les chuchotements cessèrent dans la pièce attenante, laissant tout juste à Esther et Solange le temps de voleter vers le salon pour se poser sur la branche d'un canapé. On devait croire qu'elles y végétaient depuis un moment déjà. Seule une mèche dérangée sur le crâne de Solange et le souffle légèrement coupé qui compressait la poitrine d'Esther trahissaient cette impression. Leur grand-mère traversa la salle à manger pour se rendre directement à la cuisine. Antoine, resté dans le cadre de la porte, avait vu la mèche de Solange, ses savates aux pieds de Phil et deviné, en bon médecin, la cause des petits hoquets dans les poumons d'Esther.

— Alors ! On écoute aux portes, les farfadets ? fit-il mine de s'enquérir.

— Non, grand-père ! s'exclamèrent-elles en chœur.

— Tant mieux, parce que ce n'est pas joli d'écouter aux portes. Ça met les fantômes en colère. Vous ne voudriez pas mettre monsieur Gauthier en colère, n'est-ce pas ?

Monsieur Gauthier, l'ancien propriétaire, avait vendu la maison avec ses meubles. Il habitait encore un peu ici. C'était lui qui faisait naître le treizième coup de minuit dans le ventre de l'horloge. Aucune des trois cousines ne souhaitait le fâcher. On ne connaissait pas trop le caractère de ce fantôme. Il valait mieux rester en bons termes.

Contrairement à son habitude, Antoine ne se dirigea pas vers la table et sa chaise de patriarche. Les bifurcations étaient nombreuses ce soir. Il se voûta, son cou ravalé par ses épaules, les bras ballants, la main effleurant presque le sol, et entama sa lente migration d'ursidé pour rejoindre le salon. Esther aimait le voir se déplacer et l'observait comme on observe un animal un peu merveilleux, un peu unique. Une espèce en voie de disparition. Ses gestes indolents mais précis lui conféraient une certaine grâce. Comme s'il exécutait une danse lointaine, indigène et chatoyante. Les faibles ondulations des doigts au bout de ses membres lui évoquaient les frissons d'une algue ballottée dans le courant d'un ruisseau.

Le ruisseau du Tar qu'on croisait si l'on cherchait la colline qui mène aux falaises de craie sur lesquelles était accrochée la cabane Vauban. Il s'assit entre Esther et Solange et chaussa les pantoufles que Phil, se relevant d'un bond, s'était empressée de quitter au moment même où l'œil sévère quoique amusé de son grand-père avait effleuré ses chevilles intruses.

— C'était une belle journée de soleil, on n'en avait pas vu depuis longtemps, hein ? Vous en avez bien profité ? Vous vous êtes baignées ?

Sa voix ce soir était accueillante.

— Oui, c'était génial, répondit Phil, on s'est baignées à la cale après le goûter. Enfin, Solange et moi, parce qu'Esther trouve l'eau trop froide. Ensuite on a fait du vélo pour surveiller les maisons et puis on a fait une partie de cache-cache avec Camille et Louane, tu sais, les voisines de l'allée. Esther a perdu et j'ai été découverte en dernière. Mais seulement parce que j'ai appelé Solange.

Les lèvres d'Esther se figèrent dans un rictus affecté. Après tout, elle était *fair-play*.

— Cache-cache, vous aimez bien, pas vrai ? Et je t'ai entendue chanter, Philippine, cet après-midi. « La Reine de la nuit », c'est un air très compliqué, tu chantes très bien. Et toi, Esther, tu ne t'es pas baignée ? Ici, il faut se baigner même si l'eau est froide ! Tu sais, elle ne sera jamais comme ta Méditerranée. Et puis tu n'iras pas à Hyères cette année, tu devrais profiter.

Esther haussa les épaules en guise de réponse. En douze étés de cohabitation, leur grand-père ne s'était jamais autant intéressé à l'organisation de leurs journées. Et puis, elle ne voulait surtout pas penser à Hyères.

Antoine replongea dans le silence mystérieusement autoritaire qu'elles n'osaient jamais rompre.

Il les regarda à nouveau, chacune à son tour, le visage figé dans cette curieuse expression où seules bougeaient ses oreilles, d'avant en arrière. C'était son talent. Chacune des trois filles tentait discrètement d'exécuter le même tour, sans succès. « Seuls mes héritiers y parviennent », sifflait-il habituellement, en ajoutant « vous n'êtes pas vraiment mes petites-filles ». Mais ce soir-là, il ne dit rien.

Une grande assiette d'œufs mimosa, sur laquelle s'étaient crispés les doigts de Françoise, émergea de la cuisine. Le traditionnel ballet reprit comme si huit heures venaient de sonner. Les trois filles coururent s'installer à leurs places respectives et Antoine, plus lent, fit grincer sa carcasse jusqu'à son siège de maître. Solange et Philippine raffolaient des œufs mimosa. Elles en prirent trois chacune. La texture gélatineuse du blanc écœurait Esther. Elle avait la sensation de mâcher un gros œil de veau sur lequel on aurait parsemé des brisures de chassie. De toute façon, elle n'aimait pas les aliments mous ou crus, qui constituaient la base du régime alimentaire aux Hortensias. À dire vrai, elle n'aimait pas grand-chose d'autre que le sucre. Et le sucre, elle l'aimait sous toutes ses formes. Liquide, solide, poudreux, acidulé, collant, coulant, tout lui allait. Alors pourquoi disait-on d'elle qu'elle était *difficile* et *capricieuse* ? « *Madame* Esther voudrait peut-être du caviar », lançait Solange quand elle faisait remarquer que la mayonnaise qui remplissait les crevasses du blanc d'œuf était périmée depuis plusieurs semaines. Sachant ce qu'on lui rétorquerait si elle se plaignait, elle se contenta de pousser un œuf dans son assiette, qu'elle mangerait sans le regarder, par respect pour les veaux.

— Tu te *surveilles*, Esther ? demanda sa grand-mère, comme tous les soirs.

Non elle ne se *surveillait* pas, sinon elle n'aurait pas gobé deux Mars au déjeuner.

Esther était toujours placée à côté de Phil, ce qui leur permettait de synchroniser leurs gloussements quand quelque chose de drôle arrivait, une brimade d'Antoine ou une remarque exubérante de Françoise. Le principal désagrément était que Phil mastiquait bruyamment. C'était exaspérant. En particulier lorsque sa mâchoire labourait des aliments visqueux noyés dans trop de salive, retardant la déglutition dans un pénible ressac. À sa droite, leur grand-mère, qui avait toujours eu les dents pourries, ôtait son dentier et le posait à quelques centimètres du coude d'Esther, qui n'osait généralement pas solliciter ce membre durant le repas, de crainte de frôler l'appendice intime en pièce détachée. Quand elle ne mâchait pas, Françoise gardait la main devant sa bouche, masquant, par égard pour le reste de la tablée, l'obscène béance sur laquelle ouvraient ses gencives blanches et nues. Françoise, qui *n'aimait pas l'eau*, avala une gorgée de cidre.

— Alors, mes petites cocottes, vous êtes contentes de commencer le stage de voile demain ? Vous savez qui sera votre moniteur ? Augustin ? souffla-t-elle à travers sa main.

— Augustin le nabot ? J'espère pas ! marmonna Phil.

Esther non plus n'aimait pas Augustin. Il était ridicule et autoritaire. Et moche, vraiment très moche.

— Ah bon, répondit Françoise, indifférente. Vous voudriez qui ?

— Julien ! s'exclama Phil.

Julien était beau et sentait le caramel, même après la tempête. Mais Esther se contenta de préciser qu'au moins, Julien expliquait bien. Cet argument était compréhensible par sa grand-mère.

— Oui, *au moins Julien explique bien*, singea Solange. C'est juste parce qu'il est beau qu'elles l'adorent, mamie, et comme il est si beau, elles ne retiennent rien de ce qu'il explique. Elles le regardent comme *ça*, glissa-t-elle sournoisement en ouvrant grand son bec dans lequel nageaient à contre-courant des brisures d'œuf jaune. Moi, par contre, c'est la dernière année que je fais ça, j'en ai marre des cours de voile.

— J'ai promis à vos parents que vous seriez occupées au moins la matinée, ils ne veulent pas que vous passiez vos vacances devant la télévision, protesta Françoise.

Solange insista. Elle pouvait s'occuper toute seule, elle était grande, elle. Et avec la pluie qui tombait en permanence, elle préférait être derrière la télé qu'à se geler les miches sur un vieux catamaran tout mouillé. Une angine en juillet, elle n'était pas sûre que ça plaise davantage à leurs parents.

— Bon, écoute, cette année tout le monde y va, on verra l'année prochaine comment on s'organise, n'est-ce pas, Antoine ? lança Françoise avec un regard appuyé à son mari pour qu'il abrège la conversation comme on plante un couteau dans un gigot, comme un homme.

Antoine, qui ne prenait pas part à ces babillages féminins, se contenta de faire glisser sa langue sur ses dents en accentuant sèchement le claquement de succion pour signifier qu'il souhaitait que la suite du repas lui parvienne. Françoise en profita pour se lever, disparaître dans la cuisine et revenir les bras chargés d'une casserole de haricots macérant dans le beurre et d'un plat d'où débordaient cinq pavés de saumon. Esther vit tout de suite qu'en leur cœur la chair était encore rosée mais, vexée par la remarque de Solange, elle se contenta d'arborer un petit air renfrogné. Elle en laisserait dans son assiette, voilà tout. Elle échangea un regard avec Phil. Lorsqu'on mangeait du poisson, leur grand-mère lançait systématiquement qu'elle *n'aimait le poisson qu'au restaurant*. Cette phrase, énoncée comme un réflexe, comme on dit amen à la fin d'une prière, elles l'attendaient. Elles resteraient concentrées jusqu'à ce qu'elle soit prononcée, avant d'éclater de rire.

— Au fait, les cocottes, jeudi prochain nous recevrons des amis, les Grégoire. Jean travaillait aux Quinze-Vingts avec votre grand-père et sa femme est délicieuse. Ils passeront la nuit ici, dans la chambre du fond. Ça ne vous gêne pas, j'espère ?

Les trois filles, imaginant sans plaisir leur territoire occupé par des étrangers, marmonnèrent tout de même que non, cela ne les gênait pas.

— Bon, vous verrez, ils ne vous embêteront pas, nous les emmènerons au golf, n'est-ce pas, Antoine ?

Antoine, en train d'ingurgiter un gros morceau de saumon, ne répondit pas. Sans le quitter des yeux, Françoise poursuivit.

— Et vous n'oubliez pas que ce soir après le dîner, grand-père et moi avons un bridge chez les Binet ? Monsieur Binet et sa femme passeront nous chercher en voiture après le repas. Si vous avez encore faim, prenez les glaces que vous aimez dans le congélateur. Et vous pouvez aller vous promener sur la digue, il y a un peu d'argent sur la commode si vous voulez vous payer des chiques[1], ça peut être amusant, ça, non, Esther ?

---

1. Les chiques sont des sortes de sucettes oblongues, particulièrement sucrées, qu'on ne vend qu'à la fête foraine d'Ambreville, le Coup de dés. Esther en raffole.

Pour mamie Françoise, tout était *amusant*. Les aventures des cousines étaient *amusantes*, *Un, dos, tres*, la série espagnole qu'elles regardaient avec assiduité chaque après-midi, était *amusante*, la grossesse de la fille des voisins autant que l'Alzheimer précoce de madame Binet ou la mort de deux pêcheurs au large de Jersey, début juillet, étaient *amusants*. Un jour, Solange lui avait suggéré de varier son vocabulaire, car non, tout n'était pas *amusant* dans la vie. Françoise n'avait rien rétorqué. Sans doute n'avait-elle pas trouvé cette remarque *amusante*. Esther croisa le regard de sa cousine et, fronçant les sourcils, lui tira discrètement la langue tandis que cette dernière lui balançait un coup de pied sous la table.

— Tu n'as pas fini ton assiette, Esther ? s'enquit Françoise en faisant glisser le morceau de saumon cru qui flottait dans la mare de beurre laissée par les haricots verts sur la pile d'assiettes prête à être remportée dans la cuisine. Tu me diras, *je n'aime le poisson qu'au restaurant.*

— Petites bouffonnes, grinça Solange en voyant Esther et Phil se tordre les cuisses pour réprimer leur fou rire.

Le repas s'acheva sans une parole d'Antoine. De temps à autre, il passait la main dans son opulente chevelure blanche, ou oubliait un doigt sur les nervures violettes de ses narines. Accrochées à son gros museau pendaient deux poches grises parsemées de quelques taches brun clair qui avaient été ses joues.

Son grand front était dégagé et sans une ride, ce qui produisait un effet curieux sur un homme de son âge. De très longs cils encore noirs voilaient ses yeux pâles mais expressifs. Parfois, quand il hochait lentement la tête d'un côté puis de l'autre, il ressemblait à un vieil âne triste.

Un halo de lumière blanche éclaira brièvement la pièce à plusieurs reprises. Le temps pour monsieur Binet de se rappeler comment désactiver les phares. La berline grise était arrivée sans bruit dans l'allée, comme si, par enchantement, à la nuit tombée, le sable se faisait tapis de fleurs pour accueillir les invités. Et quels invités ! Deux silhouettes arrondies s'extirpèrent sans grâce du véhicule. Les filles avaient filé se poster à la fenêtre du salon. L'odyssée du couple vers le perron, en particulier celle de madame Binet, dont les mollets avaient la circonférence d'un petit tronc, constituait un divertissement aussi épique que savoureux. Phil, par précaution, avait d'ores et déjà agrippé un bout du rideau de percale, sachant qu'il faudrait s'y cramponner quand madame Binet pousserait ses premiers hululements de détresse. Esther, qui connaissait bien ces secousses, s'était placée dans l'axe du canapé le plus confortable, le jaune, qui saurait retenir sa chute lorsque le rire secouerait tout son corps.

Monsieur Binet promena un premier regard inquiet sur l'horizon, cherchant à embrasser l'ensemble des périls qui menaçaient sa traversée : la dangereuse pente de l'entrée, le faux plat trompeur longeant la pelouse, puis la redoutable ascension des quatre marches en béton qui donnaient accès au perron. À son rythme, mais non sans une certaine agilité, il contourna avec succès chacune des difficultés pour tendre sa main noueuse à celle qu'Antoine lui présentait, goguenard, en haut de l'escalier. Celui-ci acheva de le hisser avec la facilité d'un pêcheur à la mouche.

L'exploit n'avait laissé à son épouse que le temps de se saisir de ses deux cannes, qu'elle planta comme un défi dans le sable. Ainsi juchée sur ses quatre pattes, elle ne semblait plus vraiment humaine. Et si quelqu'un était passé dans l'allée à ce moment précis, il se serait demandé quel était ce gros animal et comment il était arrivé en Normandie. Très précautionneusement, la vieille dame dégagea sa première patte du sol pour piquer un peu plus en avant tout en faisant glisser son lourd sabot arrière dans un même mouvement. La manœuvre était habile et, profitant de l'élan que constituait la pente de l'allée, elle gagna ainsi quelques centimètres avec une rapidité déconcertante. Alors que les gloussements d'Esther l'avaient déjà projetée dans le canapé, madame Binet, grisée par cette réussite inespérée, ne prit pas garde au gravillon sournois qui se glissa sous sa béquille et la fit rouler en arrière, entraînant le reste de son corps dans sa chute. À terre, sur le dos et le souffle coupé, elle se mit à agiter lamentablement ses membres comme un cafard retourné.

— Qu'est-ce que vous attendez, bande de sarpiasses ? lança Antoine, non sans avoir laissé passer quelques secondes afin de savourer lui-même cette vision incongrue.

Les trois filles sortirent sans hâte – elle était lourde, la mère Binet – rassembler les morceaux éparpillés de la vieille femme et la hisser jusqu'au salon, où les deux couples échangèrent quelques banalités, bien que madame Binet, occupée à balayer discrètement la poussière de sa veste, accordât peu d'attention aux civilités de Françoise. Avec une petite pichenette sur l'épaule de son grand-père, Phil s'enquit d'une voix exagérément aiguë et fluette de savoir s'il était heureux de sortir ce soir avec ses amis.

Antoine avait en réalité deux manières de s'adresser à l'espèce enfantine. Soit par monosyllabes bougonnés ou mugis, soit par salves mystérieuses de vers de son invention. Toute une vie de pattes de mouches griffonnées au dos des ordonnances qu'il rédigeait, le front soucieux mais les pieds croisés frétillants sous son bureau très sérieux d'ophtalmologiste très sérieux. On aurait pu reconstituer son œuvre comme les *Pensées* de Pascal, en rassemblant les fragments qu'il avait essaimés çà et là dans de nombreuses oreilles. On retrouverait d'ailleurs, à sa mort, dans son secrétaire, le petit carnet noir qui contenait le précieux recueil. Chacun de ces poèmes s'ouvrait par la même épigraphe : *Docteur Antoine Demage, Ancien assistant des Quinze-Vingts – Sur rendez-vous.*

Antoine regarda Phil sans bruit, laissant présager une réponse en borborygme, mais déclama l'œil brillant, assez bas pour que seules les filles et lui puissent entendre :

De nombreuses mégères
et des vieux rabougris, aux gestes incertains,
Le regard ahuri méditant une enchère,
Et scrutant le néant de leur regard éteint.

Solange ne put s'empêcher de sourire, ce qui ragaillardit le vieil homme, ravi des réactions du public. Il continua à peine plus fort, et Françoise, qui connaissait l'envoi, s'empressa de pousser le couple vers la porte.

Et ceux-ci, enfermés dans un salon caveau
Oubliant tant d'azur et l'immense Atlantique,
Poursuivaient mollement leurs futiles travaux,
L'œil torve, le nez triste et le regard tragique.

D'un geste grave, il saisit Françoise par le coude, griffant au passage sa peau laiteuse, fine comme du papier de soie. Puis, se retournant avec un petit sourire, il esquissa un genre de révérence rouillée. La seule que ses jambes arthritiques lui permettaient.

Les quatre amis repartirent en sens inverse avec la pesanteur d'une extravagante procession de flagellants et disparurent dans la nuit.

4

— Mais qu'est-ce qu'ils peuvent bien foutre au bridge ? siffla Solange, fixant le point à partir duquel les quatre silhouettes s'étaient diluées dans l'obscurité.

— Des partouzes ! s'esclaffa Phil, qui ne connaissait pas le sens du mot, mais l'aimait presque autant que le mot « galipette ».

À dire vrai, elle l'avait entendu prononcer par des garçons dans la cour de récré juste avant l'été, avait compris qu'il s'agissait d'un genre de galipettes, enfin que c'était une forme de discipline sportive. Le sens lui importait peu. Elle avait surtout aimé son caractère incantatoire et l'effet magique qu'il produisait – il faisait frémir les duvets et briller les yeux – et surtout, surtout, elle aimait les terminaisons en -ouze : elles lui rappelaient Briouze, l'un des derniers arrêts du TER, qui annonçait l'arrivée à Granville, la moustache teinte du chef de gare et le début des vacances.

Solange avait déjà rejoint leurs terres au premier, aspirée par l'escalier. Phil la rattrapa en grimpant quatre à quatre les marches, pensant Esther, qui des deux avait les plus grandes enjambées, à ses trousses.

Mais Esther était restée immobile. Enfin seule dans un salon enfin vide, tout près de la chambre de ses grands-parents dans laquelle elle brûlait d'entrer. Elle avait attendu cet instant depuis que la sonnerie du téléphone avait interrompu l'après-midi. S'il n'avait pas retenti, peut-être serait-elle encore à cette heure pliée en quatre dans l'abri de béton accolé à la façade est. Elle scruta une dernière fois le gonflement de la nuit, attentive à ce qu'aucune ombre à deux ou quatre pattes – madame Binet pouvait miraculeusement se matérialiser, sait-on jamais – n'en soit régurgitée. Rassurée, elle contourna avec déférence l'horloge de monsieur Gauthier et tourna la poignée de la chambre de ses grands-parents. Si ses cousines étaient restées dans la pièce, elles l'auraient entendue dire « pardon » tout bas avant d'entrer.

L'atmosphère de la chambre était stagnante, plus encore que dans le reste de la maison. L'après-midi, quand la lumière du soleil perçait la moire de rideaux autrefois translucides, elle faisait danser, par faisceaux, un firmament de poussières étincelantes. Tout ici était en suspension, recouvert d'une fine pellicule de poudre, effritement du temps passé, délicat linceul qui conférait aux objets qui s'y trouvaient le mystère des reliques et les protégeait du temps présent. Tout. La croix, le Christ qu'Esther pouvait entendre soupirer et le brin de rameau suspendus au clou rouillé, le tube crevassé d'arnica et la photo de Claude dans sa robe de velours vert. Claude enlacée dans son cadre. Claude à qui la poussière, quand elle glissait contre la paroi du verre poli jusque sur ses yeux, faisait couler, Esther l'aurait juré, des larmes. Seul le poudrier de Françoise, posé sur sa table de nuit, échappait à l'enchantement. Sa carapace dorée prenait une teinte céladon et même parfois brune dans les nervures de l'acanthe dont elle était frappée, comme si, sujette aux saisons, elle continuait d'éclore. Quand on l'ouvrait, Françoise n'était plus coquette depuis longtemps, on y découvrait de minces copeaux tantôt roussis, tantôt nacrés de ce qui avait été jadis un disque homogène de fond de teint. Solange avait dit une fois à Esther que c'était la boîte à peaux de leur grand-mère. Qu'elle était garnie des lambeaux de peau morte arrachés à son visage le soir venu. Que c'était comme cela, à force de raboter ses joues pour en remplir le petit boîtier d'or, que naissaient les rides qui sillonnaient les visages crochus et ravinés. Cela avait terrifié Esther. Qui lui offrirait, à elle, le coffret d'or où enfouir sa peau morte ?

Elle imaginait que c'était dans cette chambre où le temps avait été anéanti que ses grands-parents achevaient leur processus de décélération, bien qu'elle soit paradoxalement collée à la pendule du salon. Qu'ils venaient s'y lover chaque après-midi comme dans une singulière chrysalide, qui les absorbait dans sa chaleur, les berçait au rythme de son pouls apathique avant de les laisser ressortir chaque jour un peu plus poudreux, plus lents, plus vieux. Jusqu'au jour où elle les avalerait tout entiers et les réduirait en poussière à leur tour. Esther n'y restait jamais trop longtemps, de peur que la pièce ne veuille l'engloutir, elle aussi.

Elle se dirigea vers la console en bois laqué sur laquelle reposait le vieux téléphone à cadran, décrocha le combiné et le rapprocha de son nez à la manière d'un sommelier avec un grand vin. Sa grand-mère le tenait toujours tout près de son bec comme si elle voulait l'embrasser. Quiconque souhaitait utiliser le téléphone était ainsi sommé de donner, en quelque sorte, un baiser à Françoise. Esther laissa un instant planer une main incertaine au-dessus du cadran puis se ravisa et replaça le combiné sur son socle. « Bonne nuit, mamie », susurra-t-elle en soulevant le derrière du téléphone qui couvait une petite clef encore chaude. Esther la saisit et la fit tourner trois fois pour ouvrir le tiroir latéral de la commode. Ce tiroir n'était secret pour personne. Y dormaient une autre photo de Claude, sur laquelle elle souriait cette fois, une ordonnance pour des somnifères et un carnet recouvert de papier marbré. Françoise y décrivait, d'un trait de stylo tremblotant, son quotidien. Si sa grand-mère s'absentait, Esther pouvait y recouper les informations qu'elle-même avait recueillies sur sa journée. Le style concis de ce journal intime avait le don de l'exaspérer. Elle ne parvenait pas toujours à décrypter les émotions dans lesquelles tel ou tel événement avait laissé sa grand-mère : un mot un peu dur du poissonnier, une invitation refusée, le fait de passer devant la vitrine du Blé en herbe, quelqu'un qui avait oublié la mort de Claude et à qui elle devait le rappeler. Esther se disait que, quand même, la guerre que Françoise avait connue enfant était finie depuis longtemps, qu'on ne payait plus les télégrammes et qu'elle aurait pu détailler sa pensée dans des phrases complexes !

Elle ouvrit le carnet à la page du jour.

Ai rêvé que Binet et moi vivions une grande histoire d'amour. Amusant. Grand soleil aujourd'hui. Matin : golf. Soir : bridge chez Binet. Repas : midi : cassoulet ; soir : saumon/ haricots verts – n'aime le poisson qu'au restaurant, de tte façon... Filles plutôt calmes. Demain iront à la voile. Concernant Richard, suis préoccupée même si Antoine a dit qu'il ne fallait pas. Hélène a appelé cet ap-midi pour dire que...

Esther lut très attentivement la suite en remuant les lèvres au fil des mots, en particulier les plus compliqués, comme « oncologue » et « protocole ». Puis elle rangea le carnet en prenant bien soin de refermer le tiroir exactement comme il l'était avant son intrusion et remit la clef sous le ventre du téléphone. Redressant tête et épaules, elle chaussa les lunettes de Françoise qui lui étaient offertes sur un coin de la console et tendit son petit cou pour contempler son reflet dans le miroir rond, orné de fleurs de plâtre doré, suspendu au-dessus du meuble. « L'oncologue est préoccupé, il dit que le protocole est inefficace », murmura-t-elle d'une voix rauque en se pinçant le nez et en fermant à demi les paupières, singeant sa mère quand elle lui disait quelque chose de grave. Une vieille petite fille répéta ces paroles dans le miroir sale, et Esther se demanda si ce reflet comprenait mieux qu'elle-même ce que sa bouche avait prononcé.

Le deuxième jour

5

« Il y en a qui appellent ça *plaisance.* » Ce furent les seules paroles qui parvinrent à percer le carcan de lassitude qui enserrait les lèvres bleues d'Esther. Une pluie fine et froide tombait sans discontinuer depuis le matin, imbibant tout le pays. Elle avait d'abord timidement frappé au toit de la maison, à l'aube, sous une fausse identité : Esther avait cru qu'un des fantômes lançait un sac de gravier au-dessus de leur chambre. Puis elle avait tapé plus fort, tambouriné, écrasé la charpente à la manière des esprits courroucés des contes lorsqu'on leur refuse les enfants du village. Vengeresse, elle s'était déchaînée et avait profité du sommeil tranquille des habitants pour s'infiltrer sans bruit dans Les Hortensias, par la porte dérobée de leurs songes. Là, elle avait caressé le sol, les chaises, les lits puis, enfin, les dormeurs, appliquée à noyer, goutte après goutte, leur linge, leurs yeux avant de s'emparer, vorace, de leurs cœurs.

Au lever, les filles, gesticulant pour se débarrasser de l'humidité qui les avait envahies, avaient supplié qu'on ne les emmène pas à leur leçon de voile. Par ce temps, c'était de la folie, quelqu'un pouvait même mourir ! Mais Françoise, qui, naturellement, trouvait tout cela *amusant*, les avait déposées, engoncées dans le néoprène de leurs combinaisons trop étroites, devant le club de voile à neuf heures et demie tapantes. Et quand Augustin leur adressa un petit signe de loin qui signifiait « je serai votre moniteur cette année », la voiture avait déjà fait demi-tour sous les rideaux de pluie.

Esther ne se souvenait que vaguement de la grande laideur d'Augustin. Or l'apparition était bien cauchemardesque. Cela venait sans doute du fait qu'au milieu de sa figure avait germé puis proliféré, à l'adolescence probablement, un gros bulbe qui lui servait de nez. Son os à lui. Ce nez tapissait tout son visage, laissant peu de place au reste. Tombant, il recouvrait sa bouche, bombé, il dévorait ses joues, saillant, il menaçait quiconque s'approchait trop près d'être puni d'un coup aussi violent qu'un retour de bôme par vent arrière. Une paire de lunettes Nautisport réfléchissantes y était assise à califourchon chaque jour de l'année, y compris les jours de tempête. Quand on cherchait son regard, c'était ses propres yeux que l'on fixait. Si bien que sans œil ni bouche, c'était un gigantesque bec juché sur un tronc d'homme qui vociférait, depuis son Zodiac, les instructions de navigation à suivre. Ce matin-là, le nez rougi et enflé par la pluie froide était à peu près le seul relief qu'on distinguait dans la brume et les filles s'en servirent comme d'un sémaphore pour guider leurs pas jusqu'à l'entrée du hangar. Il leur avait demandé si elles étaient motivées, cette année. Elles n'avaient rien répondu d'intelligible.

S'était ensuivie la lente préparation, les va-et-vient du tracteur qui remorquait les catamarans jusque sur le sable dur, la comédie d'Esther pour faire semblant de dégager les bateaux hors des remorques – il suffisait de poser une main sur l'acier et de simuler une certaine intensité d'effort pour n'en fournir aucun –, puis le gréement des catamarans en contrebas de la cale, la mise à l'eau et enfin, la « plaisance », dans laquelle elles s'enlisaient depuis bientôt trois heures. Le bec d'Augustin leur avait ordonné de viser la pointe de Granville, face au vent. Aussi le catamaran des trois cousines était-il immobile sur les vagues, depuis qu'elles s'étaient hissées sur le bateau. Solange et Phil s'étaient recroquevillées en un petit tas de cire jaune à côté de la barre tandis qu'Esther, debout sur la coque, était suspendue par un crochet dans une grande culotte de caoutchouc au-dessus des lames pour faire contrepoids.

Le ciel uniformément gris se refermait sur l'horizon. Comme une grosse huître, songeait Esther. Sous le couvercle, le vent tordait les vagues fumantes pour en essorer d'épaisses traînées d'écume. Lorsqu'elle retombait, par intervalles, la mer semblait ensevelie sous une croûte de cendres froides. Quelques jours plus tard, au Roseau Penchant, Augustin raconterait l'épisode du « coup de vent ». Les filles quant à elles parleraient toujours de « la tempête ». Enfin, il leur indiqua d'un coup de bec de faire demi-tour et de mettre le cap sur le casino. L'heure du déjeuner approchait et il fallait rentrer. Avec un vent pareil ce serait rapide. Augustin se rapprochait par à-coups de leur embarcation, sa progression saccadée par l'avalanche de vagues qui retombaient sur lui et qui, en se retirant, dévoilaient la surprise d'un nez chaque fois plus massif.

— J'ai trop la flemme de lui parler, lança Solange, on décolle. Parées à virer ?

— Envoyez, marmonnèrent Esther et Phil.

Solange tira vigoureusement la barre vers elle. Le bateau parut hésiter une fraction de seconde avant de pivoter d'abord avec indolence puis, d'un coup sec, de prendre le cap opposé. Le vent gonfla violemment la voile frémissante, et l'embarcation fut projetée en avant vers Ambreville, Les Hortensias et les œufs mimosa. La première coque, dévouée à la cause, s'enfonça dans l'eau pour faciliter la prise de vitesse tandis que la coque opposée se soulevait comme une élégante demoiselle relèverait son jupon afin de ne pas en éclabousser la crinoline. Déployé entre les vagues, écartelant ses cuisses jaunes, le bateau semblait s'étirer. Les trois filles s'écrasèrent de tout le poids de leurs fesses contre le plexiglas pour rétablir l'équilibre et empêcher que le gros acrobate ne flanche.

— Esther, tu sors au trapèze ! On va dessaler sinon ! mugit Solange qui semblait coiffée d'un ballotin d'algues.

La pluie avait regroupé ses cheveux en petits bouquets de salicorne. Une salicorne rousse. Excédée, elle cherchait au milieu des vagues le repère du nez d'Augustin.

— Mais t'es folle ! gémit Esther, prostrée comme un gros bébé dans sa culotte de caoutchouc trempée, je vais crever comme les marins à Jersey ! Et mamie dira que c'est *amusant* !

Phil ne parlait plus.

— Trapèze ! insista Solange en roulant des yeux.

Dans sa voix, c'était la tempête.

Esther saisit sans un mot le câble sur lequel vibrait l'anneau de fer et y crocheta le bout de son harnais. Ainsi corsetée, elle déplia ses jambes engourdies, les tendit de toutes ses forces et se lança dans le vide. De là, à quelques mètres pourtant, on ne voyait plus rien. Ni le casino, ni le sémaphore, ni le jaune des cirés. Esther surplombait le chaos marin, imaginant au-dessus des nuages le vol calme des bécasseaux, en dessous de la mer la tranquillité des poissons et des crabes, et encore en dessous la tendre chaleur des pantoufles du capitaine Nemo, lové dans un chesterfield du *Nautilus*. Elle ferma les yeux. À distance, raccrochée au monde par un simple fil de fer, elle se sentait bien. Comme si, dans ce petit espace entre le ciel et l'eau, plus rien ne pouvait l'atteindre. Ni la tempête, ni les sarcasmes de Solange, ni la pluie, ni les téléphones, ni les protocoles, ni les oncologues. Elle aspira une longue bouffée de vent pour en prendre la force et en gonfler ses poumons. « Il faut faire des réserves, on va en avoir besoin, mon capitaine », souffla une voix en elle-même qu'elle ne connaissait pas. Emportée par sa rêverie, elle décolla un pied nu de la coque blanche dans une ébouriffante arabesque.

Au même instant, une vague sournoise vint se lover sous le catamaran à la façon d'un chat venu réclamer sa nourriture. Arrondissant gracieusement son dos pour le flatter, la vague souleva brusquement la coque sur laquelle se trouvaient les trois filles. Esther, toujours greffée à l'embarcation par son encombrante armure, fut en même temps projetée dans l'eau glaciale. Charriée par le catamaran, elle replia ses bras à l'intérieur de sa carapace. Elle ne pouvait se défaire du lien qui la retenait prisonnière car la tension entre le fil et sa culotte de trapèze était trop forte. Elle luttait pour garder la tête hors de l'eau, mais la cavalerie salée et sonore à ses trousses la rattrapait toujours. Esther avait ensuite détendu ses mains et placé ses bras en croix pour mieux se laisser traîner et ne pas s'épuiser. Tantôt submergée, tantôt immergée, elle ne percevait qu'une fraction de la scène qui se déroulait, image par image. Mine rougeaude de Phil hilare penchée au-dessus d'elle. Cordon tendu du trapèze. Cri figé dans la gorge de Solange. Bras de Phil déployé pour la saisir. Nez d'Augustin penché au-dessus d'elle, qui, adouci par la pellicule d'eau sur sa cornée, lui parut presque beau. Elle avala une grande goulée d'air dont elle avait chargé ses poumons avant l'immersion et plongea la tête sous l'eau. Là, il n'y avait plus aucun bruit, plus aucun mouvement, plus rien. Là, au fond, elle aurait pu y rester. Sous la tempête des eaux, elle était bien. Bien mieux que sur terre, où une autre tempête menaçait de s'abattre.

6

Les après-midi d'accalmie étaient toujours la promesse d'un grand festin pour les mouettes qui survolaient tranquillement Ambreville. Une fois la tempête égarée plus loin vers Jersey, elles quittaient leur pin, celui de Xanadu, la grande maison exotique qui dominait la Promenade, déroulaient leurs ailes embuées et se mettaient à la recherche d'un coin raffiné pour déjeuner. Car la mer, après avoir avalé tous ses petits, les recrachait, écœurée. Elle les rabattait de sa langue mousseuse jusque sur le sable mouillé, les léchait une dernière fois pour leur dire adieu et se retirait sans regret. Tout ce qui devait mourir était mort et se décomposait sur la plage, pittoresque mausolée des bestioles insignifiantes. Mille morceaux moites et luisants, comme enduits de crème anglaise salée, de ce qui avait été et gisait désormais brisé, craquelé, décortiqué, émergeaient ainsi sur le sable, semblable à une immense toile cirée. Offerts à l'appétit des cormorans, des bécasseaux, des goélands et des mouettes. Une patte de bernard l'hermite, quelques œufs de raie, parfois évidés, parfois grouillant de moucherons, une pince de crabe bien grasse, enfouis dans des bottes de sargasse dans lesquelles il fallait piocher et farfouiller comme sur un étal de marché pour dégotter la bonne affaire. La plus vieille des mouettes du pin, qui raffolait des spisules, ces coquillages crémeux en forme d'amande, savait qu'elle en trouverait aux abords de la cale. C'est là qu'elle se rendait toujours pour les spisules et elle était rarement déçue. Elle fondit sur la langue de sable découvert qui faisait face à la cale et inspecta la marchandise. Après avoir fourré son bec dans les monceaux de goémon, elle ne trouva rien à son goût. Les spisules coulaient déjà dans l'intestin d'un autre oiseau. Ne restaient plus à ramasser que quelques bigorneaux moussus et encore tièdes. Cela irait bien pour les goélands, qui n'ont pas de palais. Elle sautilla encore un peu, dédaigneuse, dans la vase ramollie, puis se décida à aller faire un tour sur le sable des humains, le sable sec et fin sur lequel on trouvait d'autres types de mets. Les bonnes miettes de biscuits abandonnés dans leurs sachets aux abords du Bandar-Log[1], les grains de pistache restés accrochés à leurs coquilles

1. Le Bandar-Log est le nom du peuple des Singes dans *Le Livre de la jungle.* À Ambreville, c'est celui que les habitants donnent au club Mickey installé sur la plage, à la cale.

comme autant de précieuses perles à laisser fondre sous la langue râpeuse. Tout cela, elle aimait bien.

Elle crocheta ses pattes orange dans le sable poudreux et remonta non sans difficulté la pente qui menait au second garde-manger. Elle avait maintenant un grand appétit. Tournant rapidement la tête d'un côté puis de l'autre, elle inspecta le panorama fractionné à la recherche d'une friandise quelconque. C'est alors que se dessina au fond de son œil cerclé de rouge l'image de ce qu'elle aimait le plus au monde : abandonnée sur une serviette, une chique encore scintillante de salive, comme si elle aussi avait été léchée par la marée, exhibait ses courbes rondes et acidulées. Elle s'offrait au soleil sous les nuages, qui en faisait doucement fondre le sucre pour lui donner cette texture tendre et pâteuse qui la rendait plus simple à gober. À en juger par sa teinte olivâtre, c'était une chique parfum menthe. La mouette préférait les chiques praline, mais menthe, c'était bien aussi. Elle fondit sur la serviette, saisit la chique à plein bec et s'envola vers ses pénates, satisfaite de sa prise et enorgueillie par les cris désormais lointains qu'elle entendait sur la plage. Cette victoire l'avait épuisée, elle était désormais trop vieille pour ça.

Plus bas, sur terre, Esther, honteuse et confuse comme le corbeau de la fable, ne comprenait pas ce qui venait d'arriver. Le bras alternativement tendu vers la scène de crime, puis pointé vers le ciel, elle répéta plusieurs fois la triste pantomime, espérant que sa révolte gagnerait le poing de ses cousines. Qu'elles le crisperaient à leur tour, le brandiraient vers le firmament jusqu'à ce que le Seigneur dans son fauteuil de nuages les aperçoive et, courroucé, lance un éclair sur la vilaine mouette pour la punir. Cela n'arriva pas. Les nuages continuèrent, impassibles, leur course dans le ciel. À quoi bon tous ces Notre Père, se dit-elle. Le monde était injuste.

7

— Vous avez vu ? La mouette a pris ma chique ! Sale voleuse ! se mit-elle alors à brailler. En plus c'était une chique à la menthe, ils en ont rarement chez Thorin.

Ses deux cousines lapaient précautionneusement leurs chiques, se félicitant silencieusement de ne pas avoir été les victimes d'un si terrible larcin. Chacune avait sa méthode, fruit de longues années d'expérimentation. Solange ramollissait le bâtonnet entier dans son gosier avant de l'en extraire pour en croquer de tout petits morceaux qu'elle mâchait ensuite entre ses molaires la bouche grande ouverte. Phil se concentrait sur l'extrémité. Elle la suçait sans discontinuer jusqu'à ce que sa langue reconnaisse le goût et la texture du bâtonnet de bois, qu'elle glissait ensuite derrière son oreille. Elle disait que ça faisait *ingénieur*. Esther, elle, pratiquait une dégustation émulsionnée mêlant un peu des deux méthodes.

Souvent, elles prolongeaient le plaisir en abandonnant le processus à mi-chemin. Elles posaient alors leurs trois chiques dans un même verre à moutarde qu'elles laissaient dormir sur le bord de la fenêtre de la chambre du milieu aux Hortensias. Si elles les oubliaient le lendemain, le soleil poursuivait le travail. À la fin de la journée, elles retrouvaient au fond du verre, comme dans un bocal de formol, une mixture gluante où s'alliaient les trois parfums et leur salive. Une fois, Phil l'avait bue et avait soutenu que c'était bon.

Elles étaient allées chercher les chiques après le déjeuner qui avait suivi la tempête avec le pécule que leur grand-père leur avait octroyé en précisant « Et ne *dépensez* pas tout ». Elles prenaient toujours les mêmes parfums, et elles prendraient toujours les mêmes, tant qu'elles auraient des dents. Solange choisissait l'arôme Coca, « Coke », disait-elle. Phil avait sa préférence pour le goût praline et Esther menthe, ou parfois tutti frutti. Elle aimait les parfums fruités comme ce tutti frutti ou cerise-pastèque pour le Hubba Bubba commun dont elle n'avait plus vu la couleur parce qu'il avait disparu dans la chambre de Solange. Elle l'imaginait, la nuit venue, avaler des kilomètres de chewing-gum rose comme un routier avale des kilomètres de bitume.

La jeune vendeuse de chiques de la fête foraine, qui en saison était montée jour et nuit au milieu du village, était boulotte et pourpre de teint. En plus des chiques, elle vendait des magazines *Picsou*.

Esther raffolait des deux. Les joues bouffantes de la jeune femme ressemblaient à deux grenades trop mûres, si bien que chaque fois qu'elle souriait, toujours trop large, Esther souhaitait qu'elles explosent, ses joues, et se répandent en une pluie de chair rose et fraîche sur les clients, permettant à ces derniers, après un temps de recueil de circonstance, de se précipiter sur la marchandise et de disposer d'autant de chiques et de magazines *Picsou* qu'ils le souhaitaient, sans avoir à se préoccuper de dépasser ou non l'obole accordée par Antoine.

Une fois fait leur plein de chiques, elles s'étaient dirigées vers la cale, prenant la précaution de ralentir aux abords du club de voile. Avec un peu de chance, elles y croiseraient Julien. Si possible torse nu, aux douches extérieures. C'est le groin d'Augustin en tee-shirt technique qui les héla. Elles firent mine de ne pas l'entendre. Il souhaitait s'assurer qu'Esther s'était remise de sa mésaventure, celle du « coup de vent ». Il était rassuré de voir qu'elle approchait encore la mer. Ses approximations étaient vexantes : il ne s'agissait pas d'un « coup de vent », mais d'une tempête, ni d'une « mésaventure », mais d'une noyade. Elles avaient de la chance de pouvoir encore savourer le parfum des chiques alors qu'elles avaient fait naufrage quelques heures plus tôt. Aussi se contentèrent-elles de le dépasser, chique à la bouche, sans lui accorder un regard. Solange prit bien soin de tenir la sienne entre ses dents comme un mégot de cigarette. Elle avait vu Ingrid, dans

Un, dos, tres, ignorer un homme désobligeant en passant devant lui les dents crispées sur une cigarette allumée. Royale et inatteignable. Elle expliqua plus tard qu'elle souhaitait qu'Augustin la trouve royale et inatteignable tant il était laid et pitoyable. Le simple fait qu'il daigne leur adresser la parole en dehors des heures de cours de voile était un affront.

Esther jugea cette attitude curieuse mais admirable.

8

On allait toujours à la cale pour se baigner. C'était le *meilleur endroit,* selon Françoise. C'était le meilleur endroit parce que, de part et d'autre du chenal, on retrouvait sur le sable les membres des familles qui venaient là depuis des générations et des générations, étalées sur des serviettes qui hibernaient dans les maisons de vacances depuis des hivers et des hivers. On pouvait y faire des rencontres en ayant la certitude de rester *entre nous.* Esther avait entendu sa grand-mère le dire à sa voisine à voix basse, quelques étés plus tôt, et en avait conclu qu'il était inutile de chercher ailleurs, que c'était indéniablement le *meilleur endroit.* Un peu à gauche du chenal se trouvaient déjà Camille et Louane, les voisines de l'allée. Elles s'étaient installées aux abords des trampolines du Bandar-Log, qui projetaient de temps à autre des petits corps tendus vers le ciel, à deux pas de la piscine sous cloche de plastique chaud où les trois cousines avaient appris, dans le même chlore glacé, à nager. Allongées mollement sur leurs draps de bain surélevés par un tapis de magazines féminins, Camille et Louane leur adressèrent un signe du bout des doigts. Elles avaient relevé leurs tee-shirts jusqu'à la naissance de leur jeune poitrine. Il faisait presque beau, aussi les deux filles n'avaient presque pas froid et l'on percevait à peine les grains de frais qui bosselaient leur peau sablée. Chaque centimètre de peau gagné était pour elles un pas de plus vers le statut de vraie *femme*.

Une baigneuse à la poitrine nue et débordante, enfonçant ses fortes jambes dans le sable, vêtue d'une simple culotte, frôla la serviette de Camille en venant ramasser sa balle de plage, lui rappelant au passage qu'avec si peu de chair offerte, elle n'était encore qu'une femme de second rang, une *fillette*.

Esther avait également observé la baigneuse en descendant la pente du chenal. Bien qu'elle ait le même âge que Camille, elle n'avait pas le même regard sur le corps de la baigneuse. Elle y voyait un revers plutôt qu'un aboutissement, la menace d'un corps sur lequel les os et la peau avaient procédé à leur travail d'expansion baroque. La menace d'achèvement du terrible protocole auquel elle était elle-même soumise. Ces amas de chair qui gonflaient près du cœur comme des baudruches pleines de plomb la terrifiaient et elle priait chaque nuit pour que sa poitrine ne s'en trouve pas alourdie. D'abord il fallait les soutenir dans un filet inconfortable afin d'éviter tout éboulement, à l'instar des pierres retenues par du grillage sur les routes de montagne. À ce poids déjà encombrant s'ajoutait celui de l'attention appuyée des hommes et de leurs stratégies pour lancer l'œillade la plus discrète à ce volumineux appendice. Esther se souvenait, par exemple, de la gêne qu'elle avait éprouvée lorsqu'elle avait surpris l'œil de son grand-père, calé au coin de sa paupière grise, glisser doucement vers la poitrine déjà fournie de Solange. C'est à cet instant qu'elle avait décidé que lorsqu'elles apparaîtraient, elle couperait les corolles de téton qui auraient mûri sur la poitrine de son vrai corps, son corps taillé pour la course et les parties de cache-cache, et les laisserait faner dans un coin puis sécher dans un livre en souvenir de sa promenade évitée dans la forêt des femmes.

Phil, chez qui la vue de la poitrine avait également éveillé quelques pensées, se souvenait quant à elle qu'enfant, dans sa lointaine enfance, pour être plus précis, car elle était encore très enfant, elle fourrait sa culotte et son tee-shirt de papier toilette jusqu'à y faire naître deux énormes bosses, se greffant les lourds attributs de l'homme et de la femme à la fois. Comme pour supporter simultanément sur ses petites épaules, son petit torse et entre ses petites cuisses tout le poids du monde.

9

Solange, Esther et Phil avaient étalé leurs draps de part et d'autre du campement installé par Camille et Louane. Esther, écœurée par l'excès de chair fraîche qui lui avait empli les yeux, entre la chair rose boucher encerclant le nez d'Augustin et la chair brun terre cuite des mamelles épanouies de la baigneuse, rabattit ses bras le long de son corps, aplatit les bords de sa serviette déjà gorgée de sable et se pencha sur le test dont Solange s'apprêtait à faire la lecture, issu de *Biba Magazine*.

— Écoutez, les filles, ça vous dit « Quelle dragueuse de l'été êtes-vous ? » suggéra celle-ci, mutine.

Elle se passa la langue sur les lèvres tant pour y recueillir les dernières larmes du sucre de sa chique que pour impressionner son auditoire par l'usage maîtrisé de cette mimique traditionnellement réservée aux *femmes*.

Camille et Louane s'enthousiasmèrent, Esther et Phil n'osèrent pas dire non. Solange en déduisit que les adolescentes souhaitaient à l'unanimité savoir quelle dragueuse de l'été elles étaient. Comme le nuage qui enveloppait le soleil jusqu'alors se dissipait, elles furent prises d'une frénésie qui les poussa à libérer toutes les cinq le lycra de leurs maillots de bain, retenu captif de leurs vêtements. Elles se trémoussèrent ainsi, accroupies, quelques instants, dans un genre de danse effrénée précédant le culte du soleil et l'offrande des corps à ses rayons. Solange et les deux voisines étrennaient le bikini qui leur avait valu de longues discussions, avec leurs mères ou leurs grands-mères, parfois même leurs pères ou leurs grands-pères. Marquées par le stigmate de leur maillot de bain une pièce, Esther et Phil faisaient office de parias. Elles avaient d'ailleurs apporté leurs jouets des années passées, la bouée crocodile dégonflée, les deux seaux, la pelle jaune. Quel intérêt d'aller à la plage si ce n'est pour explorer les fonds sous-marins ? s'était dit Esther en enfouissant rapidement le masque de plongée de son père sous ses fesses avant que les autres ne le voient et ne s'en moquent. Voilà à quoi nous sommes réduites, ma pauvre Phil, songea-t-elle alors que les rebords du masque imprimaient dans ses fesses potelées la marque de son supplice, à couver nos jeux précieux comme des œufs de chatperché – elle voulait dire des œufs de Fabergé – pour les substituer au regard des grandes mouettes qui piaillent de bonheur dès qu'elles trouvent une raison de plus de nous traiter de *vieilles gamines*.

Jusqu'à l'été dernier, elles étaient toutes d'accord sur la nature des activités à pratiquer sur la plage. Jusqu'à l'été dernier, Solange, Esther et Phil y passaient des journées entières, à creuser des trous. Elles s'éloignaient suffisamment pour pouvoir se rejoindre dans l'autre monde, celui qu'elles fossoyaient à coups d'ongles. Elles commençaient par fouiller le sol au plus profond jusqu'à ce que les grains de sable s'épaississent en minces gravillons. Arrivées *au niveau de la mer*, c'était comme ça que Solange disait, à l'époque, elles pouvaient alors, genoux à terre, plonger leurs bras dans le gosier moite et en grattouiller la glotte jusqu'à ce qu'elle s'émiette entre leurs dix doigts. Si la progression était satisfaisante, elles versaient un seau d'eau fangeuse dans la galerie pour en ramollir les parois et faciliter la percée. Parfois, elles sentaient qu'elles chatouillaient une même force venue de l'autre côté. Elles chatouillaient encore et, grain après grain, reconnaissaient la main d'une autre, parvenue au même croisement, qu'elles n'avaient pas vue approcher, aveuglées par la tâche qui absorbait jusqu'à leur conscience de creuser côte à côte. Les doigts moites et granuleux se serraient dans une franche poignée de main. Belle progression, soldat Esther. Les corps auxquels ces mains appartenaient partaient d'un grand rire, et on se séparait à ce carrefour pour poursuivre sa ligne. Quand, à la fin de l'après-midi, la lumière rasante du soleil rouge frôlait la cime ourlée de la Manche, quand les baigneurs se dressaient, leurs silhouettes se détachant dans le carmin comme celles de grands échassiers, les yeux écarquillés vers l'horizon dans l'espoir fou d'apercevoir le rayon vert, celui qui naît du crépuscule et, paraît-il, donne l'immortalité, seules les trois cousines tournaient le dos au miracle de la mer pour se concentrer sur les merveilles de la terre qu'elles brassaient entre leurs doigts brunis. Glaneuses de petits trésors scintillants, verre poli ou bouchons fossiles, épis négligés qu'elles moissonnaient dans leurs trous, elles n'avaient que faire du rayon vert, elles à qui l'immortalité était donnée dans ces longues heures d'enfance iodée. À quoi bon caresser le rêve de vivre éternellement quand on pouvait, le soir venu, ouvrir la boîte rouillée dans laquelle on rangeait ces précieux joyaux et caresser les trésors du jour en rêvant à ce qu'on dénicherait le lendemain ? C'est pourquoi, mine austère, tête courbée, dos cassé, regard rivé au sol, dressées contre le vent tels trois drôles d'épouvantails, elles continuaient leur joyeuse besogne sans se soucier des hommes, des femmes ou du rayon vert.

Mais cet été-là, Esther le sentait bien, creuser n'était plus à l'ordre du jour.

10

— Aloooooors, roucoula Solange, « Pour approcher les hommes, vous optez pour… a) une mini-jupe et un maxi-décolleté ; b) la une de l'actualité ou le dernier ragot du quartier ; c) de l'humour et beaucoup de second degré ». On dit quoi les filles ?

Solange avait décidé que *on* était susceptible de donner les mêmes réponses à la question. Mais Esther n'était pas certaine de posséder l'expertise requise pour les formuler, les réponses qu'*on* donnerait.

On, c'était Solange, Camille et Louane. *On* était grandes, *on* était des *femmes*, des *dragueuses de l'été.* Imaginer la réponse de mamie Françoise, par exemple, c'était fastoche. Esther savait quels méandres elle empruntait, par quels chemins son esprit se faufilait pour dicter sa manière d'agir. Si on lui faisait passer le test, mamie Françoise répondrait sans aucun doute le petit *b*, les ragots. Elle suçait ces derniers comme des bonbons qu'elle laissait fondre entre ses fausses dents. Mais il était certain *qu'on* n'était pas mamie Françoise. Non, *on* ne racontait pas avec délice, sur la place du marché, en serrant la main d'Esther jusqu'à la broyer, comment le petit chat de madame Martin était mort éventré par la locomotive du Paris-Granville alors qu'il se promenait sur les rails aux abords de la gare un samedi de grand départ. Éventré, rendez-vous compte, viscères à l'air, ah oui madame, en charpie sur l'acier le minou, eh bien, si ça ce n'est pas *amusant*. Esther avait compris, en consultant le journal de Françoise, qui apportait, par moments, un éclairage historique aux événements du quotidien, que, ce jour-là, Françoise s'était vengée de madame Martin. Que sa grand-mère avait attendu de longues années avant de recracher une couleuvre de son bocal, une couleuvre de vengeance, au moment choisi. Son journal faisait en effet allusion aux traits pincés, à l'œil caressant et à la mine faussement concernée de madame Martin lorsque, à l'été 1985, elle avait été la première à répandre la nouvelle de la mort de Claude dans tout Ambreville, jusque dans les sacs de farine du Blé en herbe où aucun Demage n'avait plus mis les pieds depuis des années, alors même que Françoise lui avait fait jurer de ne rien dire.

Esther croisa le regard de Phil. Non, *on* n'était pas comme ça. De qui voudrait-*on* se venger, *nous* ? Premier piège évité. Elle devina que Phil cherchait également ce qu'*on* devait répondre. À en juger par son nez froncé et sa manière de saisir nerveusement le sable blond et de le laisser immédiatement filer entre ses doigts, elle devina qu'elle n'avait pas non plus eu assez de cours sur la question pour avoir une bonne note à l'examen. Avait-*on* de l'humour et du second degré ces derniers temps ? Esther se rappela la lueur cruelle tout au fond de l'œil de Solange quand elle s'était moquée des tenues aguicheuses que sa cousine achetait au marché, au stand de *la femme*, notamment le corset noir à flammes argentées, grande nouveauté de l'été. Non, *on* n'avait pas d'humour, en tout cas pas le même humour que *nous*, Esther et Phil.

Heureusement, Camille prit les devants :

— Ben, réponse *a*, non ? Hein, les filles, les jupes et tout et tout !

Ses yeux brillaient, donnant à voir le reflet d'un monde auquel Esther et Phil n'avaient pas accès. Cette fille, elle avait vu l'Eldorado.

— Évidemment, répondirent en chœur les deux benjamines.

Solange reprit, la mine sérieuse :

— « En soirée, un homme sublime vous approche. Que faites-vous ? a) haleine, OK, maquillage, OK : vous attaquez ; b) si tout est dans les muscles, vous pensez que rien n'est dans le cerveau : vous esquivez ; c) vous espérez qu'il n'est pas seulement charmant : vous vous laissez porter. »

C'est le mot haleine qui retint l'attention d'Esther. Une bonne haleine était le principe même du respect envers autrui, la bonne manière des bonnes manières. Fâcheux oubli de la baronne Staffe, qui n'y avait consacré aucun des chapitres de ce fameux livre, les *Usages du monde*, que Françoise offrait annuellement à ses petites-filles. Prétextant avoir oublié qu'il dormait déjà au pied du sapin lors du Noël précédent, elle se frappait dramatiquement le front de sa main veineuse alourdie de bagues et promettait qu'elle s'en souviendrait à l'avenir. Elle n'avait pas trouvé de meilleur stratagème pour s'assurer qu'elles le liraient bien un jour, ce livre, et qu'elles en assimileraient les leçons. Comme on ingère une bonne cuillère à soupe d'huile de foie de morue. Mais Esther, estimant qu'un livre sur les bonnes manières ne mentionnant nulle part le principe de bonne haleine était fort douteux, l'utilisait comme cale-porte. Selon elle, et ses cousines partageaient cette opinion, avoir mauvaise haleine, quand on faisait partie de ceux qui pouvaient encore en maîtriser la qualité, constituait un réel manque d'éducation et de savoir-vivre. Esther excluait ses grands-parents de cette catégorie. Leur mauvaise haleine était une malheureuse conséquence de leur état de putréfaction avancé. Elle avait, disait-elle, une vision de la médecine proche de celle des Grecs et de leurs humeurs. Elle imaginait que la putréfaction de ses grands-parents remontait de leurs estomacs attaqués par le ver de la vieillesse à leur bouche, en vapeurs de fumées odorantes. Et Esther exposait, docte, cette théorie à qui voulait l'entendre. Elle récoltait souvent de nombreux compliments sur ses connaissances anatomiques et ses explications rationnelles des désordres du monde. Pourquoi les vieux ont-ils mauvaise haleine ou lâchent-ils à chaque pas un genre de pet qui claque comme un pétard puis s'essouffle entre leurs deux fesses molles jusqu'à ce qu'ils s'assoient et l'étouffent une bonne fois pour toutes ? Putréfaction avancée, dernier stade, sortez les mouchoirs, assurait Esther. Pourquoi les nourrissons sentent-ils bon ? Pourquoi souhaite-t-on enfouir nos nez dans leurs crânes sur lesquels poussent à peine trois épis comme les joncs qui parsèment les bosses de dunes sablées au bord de la digue d'Ambreville ? Pourquoi cherche-t-on à les arracher aux bras de leurs mères afin de les tenir, rien qu'un instant, près de notre cœur ? État de pureté radicale et possible prolongation de longévité pour le patient qui resterait exposé à ses puissantes radiations, expliquait Esther. D'ailleurs, ajoutait-elle à l'intention de ses interlocuteurs les plus attentifs, on peut remarquer que l'haleine des nourrissons est parfaitement pure. Elle ne sent rien, car l'organisme qu'elle traverse pour arriver jusqu'à nous est intact, tout neuf, pour ainsi dire.

Voilà pourquoi Esther consacrait à l'entretien de son haleine une énergie considérable. Sa science restait toutefois approximative. Ne sachant comment traiter l'origine d'une haleine désobligeante, elle cherchait à en dissiper les effets. Elle mâchait ainsi d'impressionnantes quantités de chewing-gums particulièrement odorants. Plus l'arôme était capiteux, plus elle les jugeait efficaces, si bien que chacune de ses prises de parole était annoncée par un relent de cerise-pastèque, comme chacun des pas d'une courtisane à Versailles laissait derrière elle une entêtante senteur de patchouli. Masquant la drôle d'odeur d'un corps qu'on ne lave pas, d'une robe qu'on ne change pas et d'une perruque qui gratte un crâne échevelé. C'est donc en mâchant avec ardeur un morceau du Hubba Bubba que Solange avait finalement consenti à lui tendre lorsque la mouette lui avait volé sa chique qu'Esther répondit sans hésitation :

— L'haleine, c'est la base des bases ! Réponse *a*, c'est sûr, allez, prochaine question !

— Ouais, j'suis d'accord, renchérit Louane, réponse *a*, les filles, les gens qui puent du bec, pouark !

Ce n'était pas un avis très argumenté, mais, au moins, c'était un avis convergent. Enorgueillie, Esther fit valser son chewing-gum dans le fond de sa gorge, entre ses deux molaires. Ainsi placé, elle pouvait mastiquer plus bruyamment, la bouche légèrement ouverte. C'était un acte de puissance, qu'elle appuya en déployant les jambes qu'elle avait rétractées sous son arrière-train. Ce faisant, elle surprit le regard de Camille sur ses jambes, justement. Celles de Camille étaient brunes et la peau y était si tendue qu'elle blanchissait dans un pli aux encoignures, marquant l'effort des articulations pour suivre le ploiement des muscles à la manière d'un vêtement trop rêche auquel l'usage finit par donner une forme. Par contraste, les jambes d'Esther étaient grasses et potelées, de la consistance épaisse que les insectes divers — moustiques et taons, araignées et aoûtats — se plaisent à labourer à la saison pour en extraire de goûteuses cuvées de sang sucré. La pâleur de ses mollets n'était atténuée que par la discrète constellation rosée formée par les multiples morsures que ces cohortes fredonnantes lui infligeaient l'été venu. Le reste de son corps lui aussi était gras et potelé. Dans le lycra de son maillot de natation où il était empaqueté se formaient de fines lignes bosselées entre lesquelles l'eau stagnait plus longtemps lorsqu'elle se faisait sécher après une rare baignade. Esther était consciente, une fois trempée dans la saumure, de son allure de brioche fraîche. Elle était consciente que ce n'était pas exactement l'allure attendue pour les filles, qu'il valait mieux être fine et croustillante comme une baguette. Mais elle s'accommodait très bien de cette apparence. Elle savait que paraître sous la forme d'une enfant déjà grande mais encore arrondie aux angles lui permettait d'avancer masquée, d'amortir les coups de l'existence et ainsi dissimulée d'éviter les tourments qu'elle pensait infligés aux femmes dépecées et dégraissées de l'enfance. Et puis elle savait très bien, et cela la tourmentait, qu'elle était passagère, cette laideur, tant ses os poussaient vite, tant sa peau gémissait la nuit. Elle croisa, sans sourire, le regard de Camille avant de détourner les yeux vers le corps de Solange.

Esther le trouvait bizarroïde. Pour être peu plus précis, ce corps à la croisée des deux mondes était celui d'une créature hybride, mi-enfant, mi-femme. Bien que longue et fine, ses jambes restaient petites et ses genoux couverts de bleus trahissaient le fait qu'il lui arrivait encore, occasionnellement, de se mettre à quatre pattes pour se faufiler sous quelque talus. La vérité, c'est que Solange était tordue, bancale, en un mot adolescente. Les boursouflures de l'enfance, ses joues gonflées, son ventre replet se mêlaient à celles de l'adulte, la naissance d'un fessier rebondi et surtout la maturité d'une poitrine grosse comme un fruit trop mûr sur un corps encore trop vert qui dégoulinerait par tous les pores si on en pressait la peau tannée. Les os saillants de son pelvis avaient repoussé ses hanches aussi loin qu'ils le pouvaient et frayé un passage aussi large que celui de Moïse dans la mer Rouge pour y préparer l'accueil d'une myriade d'enfants. Entre ces deux os, au creux de ses cuisses, foisonnait une étrange pelouse d'un roux terreux qui dégageait, lorsqu'elle bougeait, un parfum cru et dur. Pour le reste, elle était encore imberbe.

Mais Solange avait compris que le fait de posséder les attributs de l'enfant et de l'adulte lui conférait un pouvoir sur le monde et elle avait appris à ensorceler tous ceux qu'elle croisait, choisissant sa parure en fonction de son public, comme Athéna descendue à Ithaque s'adresse à Ulysse sous la peau ridée d'un vieillard. Lorsqu'elle rentrait aux Hortensias, lorsqu'on était à table et lorsqu'elle s'adressait à ses grands-parents, elle camouflait ses formes sous les cils baissés d'une petite fille modèle et le rire de l'enfant. Lorsqu'elle se retrouvait seule avec ses cousines et les voisines de l'allée, elle effaçait ce rire comme on enlève un masque pour n'afficher que sa moue de petite femme fatale, son tout jeune visage de toute jeune adulte, qui restait encore un secret. Elle cheminait ainsi, en équilibre sur un mince fil de fer, cherchant en prestidigitatrice à faire apparaître et disparaître l'enfant puis la femme aux yeux de ceux qui ne voulaient voir que l'un ou l'autre. Esther la voyait changer de toilette au fil des heures, et se disait que cet excès de coquetterie devait l'épuiser. Elle avait d'ailleurs tort de croire que les dons de sa cousine au jeu de cache-cache s'étaient amoindris avec le temps, car elle était désormais en mesure de se dissimuler en plein jour et d'apparaître, lumineuse, sous la forme que les yeux d'en face souhaitaient lui voir emprunter. Solange avait compris qu'il n'était donné à personne de voir ses deux visages ensemble, cette vue monstrueuse était insupportable pour le commun. Pourtant, elle avait vraiment deux visages, deux âmes occupaient son corps et s'en disputaient quotidiennement les membres. Progressivement, l'âme adulte gagnait du territoire et le marquait définitivement en tissant quelques poils sur la terre promise. Mais l'âme d'enfant ne renonçait pas malgré les défaites. Parfois, la nuit, elle se vengeait et déchargeait dans le cœur de Solange le flot fatal d'un vague sentiment de nostalgie, qui lui donnait, par brèves saccades, l'envie de compter jusqu'à dix pour jouer à cache-cache et d'aller dénicher des vipères dans l'herbe noire de la prairie. Ce sentiment était si puissant qu'il lui faisait presque regretter la poitrine neuve que les filles de l'allée lui enviaient. Une fois, même, elle en pleura.

Esther détourna les yeux. Elle voulut taquiner un peu Phil, mais son regard s'était perdu sur une énorme silhouette qui se hissait péniblement hors des flots, dans le miroir d'eau laissé par la marée.

— Mon Dieu, soupira Solange qui l'avait vue aussi, le monstre marin marche sur les eaux.

11

Le monstre marin, c'était madame Julia, une voisine de l'allée qui n'était pas de leur âge. On ne savait pas exactement quel âge lui donner, d'ailleurs. Car la femme retenue prisonnière à l'intérieur de ce corps était entourée de tant de graisse, étouffée sous tant de peau, qu'il était difficile de la distinguer et d'estimer combien d'années elle avait passées à laisser l'empreinte de ses sabots sur le sable de la plage. Les filles l'avaient toujours connue *au régime* et, quand elles la croisaient, elle était toujours empêtrée dans sa *cure*. Cette cure, dont elle était l'unique prescripteur, consistait essentiellement à s'immerger rapidement dans l'eau – pas trop, car le sel de cette mer-là était redoutable et il fallait pouvoir s'en extraire avant de s'y dissoudre –, à arpenter lourdement les quelques enjambées séparant la cale du casino et surtout à se plaindre aux mortels qui avaient le malheur de croiser son chemin. Françoise tirait le bras d'Esther pour changer de trottoir dès qu'elle apercevait, ondulant au loin, sa silhouette. D'abord parce qu'il n'y avait pas de place pour deux humains et madame Julia sur un trottoir, ensuite parce que madame Julia trouvait toujours le moyen de sortir d'un des plis de son triple menton une remarque sur Claude. Ni bonne ni mauvaise, une simple remarque, mais c'était déjà trop pour Françoise, qui n'aimait pas trouver Claude dans la bouche des voisins. Elle la préférait muette, sur les photographies soigneusement choisies de sa maison ou dans la pièce la plus secrète de son souvenir.

— Il y en a qui feraient bien de faire un régime, siffla Solange en lorgnant sur le monstre tout en caressant la peau tendue de ses mollets.

Louane étira soudain sa bouche en une drôle de grimace, exagérant le passage de sa langue sur ses dents.

— *Pouaaah* les filles, c'est horrible d'avoir le goût d'un mec encore dans la bouche. J'ai roulé une pelle à Maxime hier, vous savez, le vendeur de chichis aux autos tamponneuses, il me drague trop. Enfin bref voilà, je l'ai chopé hier pour lui faire plaisir, hein…

Elle s'interrompit pour laper son palais en fronçant les sourcils.

— Et j'ai toujours l'impression d'avoir sa langue dans ma bouche, là ! C'est dégueu, on est d'accord ? J'ai l'impression que même avec un bidon d'eau de Javel ça passerait pas. On est d'accord ?

Est-ce qu'*on* était d'accord ? Esther n'avait jamais goûté le garçon, elle n'avait pas pu analyser l'haleine de ce spécimen et n'avait aucune idée de l'avancée de la putréfaction dans l'organisme de ces créatures. Elle savait en revanche ce que cela faisait d'avoir la salive de quelqu'un d'autre dans sa bouche car parfois, Phil lui faisait don du dernier morceau de chique qu'elle avait longtemps fait fermenter sous sa langue. Elle devait donc, avant de parvenir au sucre, avaler quelques lampées sulfureuses de la salive de sa cousine. Mais c'était sans doute hors sujet.

— Ouais on est bien d'accord, dit calmement Solange.

— C'est clair, ajouta Esther dans un soupir qu'elle voulut affecté, haussant les sourcils comme le font les dames qui en ont dans les pattes, qui ont *du vécu.*

— Tu roules des pelles, toi, maintenant ? s'étonna Louane.

— Ben ouais, tout le temps, et depuis longtemps en fait. C'est juste que j'en parle pas, parce que ça relève de *ma vie privée*, mentit Esther, se souvenant in extremis de quelques mots lâchés par Ingrid dans le vestiaire d'*Un, dos, tres* pour se sortir d'une mauvaise passe.

Elle sentit ses joues rôtir, consciente qu'il faudrait peu de temps avant que l'ensemble de son visage ne s'embrase.

— Tu roules des pelles, tu roules des pelles… marmonna Solange qui pétrissait son ventre pour lui donner une belle forme plate. Il faut être une femme pour attirer la *passion*, Esther, toi tu n'es qu'une gosse, et toi aussi, Phil, lança-t-elle à sa sœur, qui ne s'attendait pas à ce coup bas.

C'était la femme qui parlait, cruelle, solennelle, la femme qui plantait, vengeresse, de rapides coups de fourchette dans la viande tendre de la candeur avant de la gober.

— Aucun homme ne voudrait de vous, vous n'êtes que des gamines. Esther la rebelle qui roule des pelles ? Tu roules surtout des mécaniques, oui !...

— Gnagnagnagna, souffla Esther, ce qui signifiait en réalité, « vous allez voir ce que vous allez voir, je ne te laisserai pas m'humilier, devant les autres femmes, pour une vulgaire histoire d'hommes ».

Elle se promit à cet instant qu'elle se vengerait, comme Françoise se vengeait à rebours, avec ses moyens à elle, de cette piqûre humiliante. Et avant la fin de l'été.

Absorbées par ce grave sujet, elles n'avaient pas prêté attention à l'ombre qui s'était progressivement allongée sur leurs serviettes. Plantée solidement devant le soleil, madame Julia, qui s'accordait un temps d'étape avant de poursuivre sa promenade curative vers le casino, était responsable de cette éclipse imprévue. Ses lunettes de soleil vissées au sommet de son crâne humide reflétaient les cinq visages ennuyés des jeunes filles de telle sorte qu'ajoutées à ses deux yeux, elles lui donnaient l'allure d'un insecte mouillé.

— Aloooors les petites coquines ? Comme vous poussez ! Toutes grandes, dis donc ! C'est bien les vacances ? Quel est le programme ?

— Voile et plage, madame, répondit Phil en empoignant sa chique de peur que cette très grosse mouette ne la lui arrache.

— Ooooh, la voile, le vent, les bateaux, la *plaisance* comme on dit ! Y a qu'ça de vrai, hein !

L'image d'Esther charriée comme une grosse sardine par le catamaran vint se superposer à l'évocation du mot « plaisance », arrachant un sourire de délice à Solange et à Phil.

— Et vous, madame Julia, quoi de beau ? s'enquit Camille.

Il n'y avait aucune curiosité dans cette minauderie sournoise. Il s'agissait seulement de faire parler le monstre marin pour mieux s'en moquer. Une fois hors de portée, l'une commencerait à mimer le pèlerin encombrant, l'autre à contrefaire sa voix tristement nasillarde et elles se répandraient ainsi en mille ricochets de ce qu'elles auraient volé au monstre en une courte minute de conversation, jusqu'à la fin de l'après-midi.

— Oh moi, tu sais, ma jolie, répondit le monstre un peu essoufflé, moi je suis en *cure*, hein, je ne m'amuse pas. Tu ne crois tout de même pas que je me tremperais dans cette eau-là si ce n'était pas *médical*.

Elle inspira un grand coup.

— Et puis là, bon, je poursuis, je vais marcher jusqu'au casino, ça fait partie de la *cure*, tu sais, ce n'est pas par plaisir, hein.

Camille marmonna quelque chose comme « eh bien bravo » et le reste du groupe s'évertua à contenir un bêlement qui s'annonçait infiniment strident. Quelques minutes encore et elles pourraient le laisser échapper de leur gosier. Mais étonnamment, alors que les politesses d'usage avaient été échangées et qu'il prenait vraisemblablement du retard sur sa cure, le monstre ne bougeait pas d'un iota. Toutes les facettes de ses yeux s'étaient collées sur Esther, occupée à grattouiller ses piqûres jusqu'au sang. Bien après, au moins cinq ou six étés plus tard, Esther dirait qu'elle avait toujours pressenti que, tôt ou tard, cette femme lui ferait du mal.

— Comment va votre papa Maurice, vous deux ? glapit le monstre à l'intention de Solange et Phil, sans quitter Esther des yeux.

— Bien, bien, s'empressa Phil. Il est bientôt en vacances, enfin il sera en vacances la première quinzaine d'août. Solange et moi on rentrera à Paris et ensuite on s'en ira tous les quatre avec maman, papa et Solange dans un gîte à côté de Périgueux. Ce sera un peu sa *cure* à lui, ajouta-t-elle en prenant bien soin de ne regarder aucune des quatre autres filles, histoire de ne pas déclencher un gloussement fâcheux.

Mais si elle avait regardé Esther, elle aurait pu constater que cette dernière n'avait aucune envie de rire. Que ses yeux étaient grand ouverts, ses oreilles à l'affût et qu'elle guettait les mouvements de mâchoire du monstre, l'agitation des dents tranchantes entre lesquelles filerait la sentence.

— Comme c'est intéressant, siffla madame Julia, le regard toujours rivé sur Esther.

Elle aiguisait son sourire comme une araignée aiguiserait ses mandibules en découvrant, l'eau à la bouche, de retour de sa cure, un beau moucheron dans sa toile diamantée.

— Comme c'est intéressant, comme c'est intéressant, répéta-t-elle en avalant rapidement le dernier mot pour préparer la prochaine bouchée, la plus savoureuse, celle qu'elle avait gardée pour la fin du repas. *Quant à toi, Esther, comment vas-tu, ma pauvre petite fille ? Et comment se porte ton pauvre papa* ?

Le couperet était tombé, vif, sec, tranchant, acide, efficace, mortel. Comment allait notre pauvre papa ? Et nous, pauvre de nous, comment allait-*on* ?

La dernière fois qu'Esther avait senti l'haleine de son père, dans un râle, elle n'en avait pas reconnu l'odeur. Elle n'avait rien identifié, car son haleine ne sentait rien. Rien d'autre que la maladie et la fin. Or Esther ne connaissait aucun de ces deux parfums. Au retour de l'hôpital, quand elle avait dû résumer la situation à ses poupées, elle n'avait pas trouvé les mots. Alors elle leur avait tourné la nuque, les forçant à fixer le mur. Car elle n'avait pas supporté le point d'interrogation qui se dessinait dans les billes vertes et bleues de leurs yeux.

Il l'avait fait douter, elle qui était si savante, des réelles capacités d'explication de sa science. Et nous, alors, comment va-t-*on* ? Sur la plage, cet après-midi d'été, Esther n'avait pas la réponse à cette question. Seulement quelques intuitions, qui remontaient par vagues dans sa gorge. Quelque chose de pas très élaboré, qui sonnerait comme *nous sommes blessée, madame. Nos os poussent sans que nous puissions les arrêter. Nous sommes une gigantesque plaie, rien ne nous apaise plus. Chaque jour qui passe elle nous démange, nous la grattons, elle se gangrène, elle nous ronge, et quand nous enfouissons nos mains dans notre chair pour y dénicher le mal, nous y trouvons au fond de nos tissus, fluide et sanglant, notre papa, madame, notre papa malade qui pleure.* Quelque chose comme ça, oui. Mais cela ne se dit pas aux braves dames, les plaies se dissimulent, on ne les montre pas. Ce n'est pas par politesse, oh non. Si on pouvait, on le mettrait sous votre nez, notre malheur, que vous en sentiez l'infecte danse poivrée, vraiment. Mais c'est un parfum trop subtil, il faut plus qu'un nez pour en saisir les tourments. Il faut un cœur. Alors on le garde pour nous, notre malheur, pour s'épargner la mine défaite, le haut-le-cœur de celui vers qui on s'avance en présentant un moignon visqueux et fumant. En réalité, c'est ce dégoût chez les autres, plutôt que la douleur de la blessure, que l'on cherche à repousser. Notre douleur est suave, elle nous accompagne, sur les chemins, dans les jeux, dans notre lit. Vous ne la comprendriez pas, vous qui marchez seule sur la plage. Dans ma douleur, je serre mon père à mon côté, nous nous tenons par la main. Voilà, quelque chose de cet ordre-là, en somme. Elle aurait même pu ajouter *vos yeux, ces oursins moisis et piquants, m'assassinent, vieille sorcière de bique. Je vous vois. Vous allez au cirque pour vous amuser des danses d'unijambiste, mais je ne ferai pas de spectacle pour vous madame, je ne joue plus pour les aveugles.* Esther avait compris que ce qu'elle ressentait, elle ne pouvait pas le montrer. Elle devait le cacher aux yeux de ceux qui ne pouvaient pas vraiment voir. C'était à elle, personne ne pouvait comprendre. Pas même Phil ou Solange. Elle avait eu l'intuition, un peu avant l'été, quand les choses s'étaient compliquées, qu'il faudrait appliquer un pansement sur cette nouvelle plaie, intime, la soustraire à la méchante curiosité du monde qui ne pouvait deviner l'abîme de tristesse et d'amour que protégeait la bande adhésive. Elle avait compris qu'il lui faudrait serrer ainsi longtemps le garrot autour de sa douleur en espérant qu'un jour elle tomberait mollement au sol, la délivrant enfin de son handicap. Elle pourrait alors la ranger dans une petite boîte qu'elle garderait comme un trésor sur sa table de chevet, comme sa grand-mère conservait les peaux mortes de son visage dans son poudrier. Elle avait eu, à cette minute, le sentiment que ce serait ça, sa *cure*.

— Au top, tous les deux ! répondit-elle en souriant à pleine bouche de son premier sourire d'adulte, ce sourire qui enrobe d'un mystérieux silence toutes les choses précieuses qu'on ne peut pas livrer aux autres.

— Il va très bien, *madame la marquise*, renchérit, impérieuse, Solange adulte, tendant la main à Esther adulte, qu'elle rencontrait pour la première fois.

Esther la serra vigoureusement et volontiers. Elle s'en souviendrait.

Le monstre était déçu. Sa proie s'était extirpée du gros piège qu'il lui avait tendu. Elle pensait souper de larmes et d'yeux rougis. Elle repartait avec un sourire éclatant. Quel crève-cœur.

— Eh bien, c'est *parfait*, conclut-elle, un peu *fair-play*, un peu de l'air de dire que ce n'était que partie remise. Ce n'est pas tout ça, mais le temps passe, mes petites filles, et moi, je dois respecter ma cure, hein ! Allez, à plus tard mes jolies !

Elle s'éloigna, et le soleil, qui s'inquiétait, retrouva les cinq filles où il les avait laissées, les prenant dans ses bras chauds. Elles profitèrent encore de quelques rayons, puis, l'heure d'*Un, dos, tres* approchant, elles plièrent le campement pour retourner au bercail. La mouette voleuse, qui avait tout vu, tout entendu, tenta de lâcher une fiente mentholée sur le monstre marin, quelque part entre la cale et le casino. On ne s'attaque pas aux enfants des mourants, même la mouette connaissait cette vieille loi humaine. Pour se faire pardonner, elle viendrait déposer le lendemain sur la fenêtre de la chambre d'Esther et Phil le bâtonnet de chique sur lequel elle avait laissé un gras morceau de bonbon.

Le soir venu, Esther apprit par le journal de Françoise que madame Binet avait tenu des propos douteux au cours de la partie de bridge, que sa mère avait appelé à trois reprises et demandé à lui parler – il n'y avait pas davantage d'indications – et que le poissonnier de la place avait encore augmenté le prix du kilo de crevettes grises.

Le troisième jour

12

Ce matin-là, quand Esther ouvrit les volets de la chambre du milieu, elle trouva avec bonheur une douce lumière accrochée aux arbres. La douce lumière du soleil lassé qui attend l'automne pour paresser un peu plus longtemps avant de se lever. Dans cette lumière était enveloppé, tel un mignon cadeau sur le rebord de la fenêtre, le squelette de la chique envolée la veille, sur laquelle restait attaché un maigre lambeau de sucre. Elle pensa d'abord que le vent ou la marée la lui avait rendue. Mais la mer ne rendait que ce qui lui avait appartenu. Et le vent ne donnait des ailes qu'à ses créatures. Elle se souvint alors de la mouette, du froissement de velours qui lui avait empli les oreilles à la seconde de l'attaque et comprit que la voleuse avait rendu la chique comme on se rendait, que prendre ce petit bâton, c'était enterrer la hache de guerre. Elle s'en saisit et le fourra dans sa boîte à trésors, la boîte à biscuits rouillée qu'elle gardait sous son lit, marmonnant quelque chose comme « mouais, pour cette fois ça ira, mais que je ne t'y reprenne pas ma coquine ».

Il pleuvait encore sous le soleil. De cette pluie finement salée du mois de juillet qui tapisse l'horizon, vous mouille à peine et vous pare d'un léger voile chatoyant comme la soie fine d'une grande dame. Le macadam du chemin luisait sous les gouttes. Esther le voyait remuer comme la peau d'un reptile que l'on n'oserait pas toucher. La fumée qui glissait sur son flanc épais dégageait un tiède parfum de brume, de tourbe fraîche et de sapin fumant. Cette odeur de la pluie tout juste écrasée sur le béton, c'était celle qu'Esther aimait le plus au monde.

Dans la voiture qui roulait en direction du club de voile, quelque part entre le casino et la cale, Françoise leur indiqua le programme de l'après-midi. Pas question de traîner à l'étage ou dans le jardin à farfouiller Dieu sait où. Il était temps qu'elles apprennent à *se conduire*. On aurait dit qu'elle aussi surveillait l'évolution des os de ses trois protégées. On ne pouvait pas laisser ces petits bouts de femmes piailler à longueur d'après-midi, se coucher avec les mille-pattes, appeler les verdiers, les pinsons et disputer aux mouettes leur pitance sur le sable de la cale. À partir du moment où les os poussaient, il fallait se *redresser,* marcher sur deux jambes plutôt qu'à quatre pattes dans les ravins, quitter l'état sauvage, en somme, et venir au monde. Au *beau* monde. Pour cela, il fallait être *présentables*.

Elle n'utilisa pas le terme *appétissantes*, car il évoquait trop brutalement l'idée d'appât. Cela aurait pourtant éveillé l'attention gourmande d'Esther qui n'écoutait, encore endormie, qu'à demi. Si les pans de carrosserie de la voiture avaient été quatre murs recouverts de tentures, si les sièges avaient été de tendres fauteuils de velours, si les passagères avaient porté d'encombrantes toilettes et de lourdes perruques, la conversation aurait tinté de la même dissonance. Les femmes disaient aux femmes ce qui se disait depuis la nuit des temps, les joues rosies, dans le secret des alcôves et des boudoirs. Les yeux pâles de Françoise, la passeuse de relais, la gobeuse de couleuvres, ourlés d'une larme de gelée rose aux coins, s'attardèrent un instant sur le reflet des trois cousines dans le rétroviseur. Il y avait dans le vert de son iris la même lueur que celle qui brillait dans l'iris des mères de contes de fées lorsqu'elles emmènent leurs enfants dans la forêt pour les y perdre. C'était décidé. Après le déjeuner et renonçant à la sieste, ce qui représentait pour elle un inquiétant sacrifice, elle les conduirait à Granville. Là les attendrait l'esthéticienne, vénérable prêtresse de l'ordre des femmes. Enfin, elle attendrait Solange et Esther. Phil n'était pas encore concernée, elle patienterait en feuilletant des magazines *féminins*. L'esthéticienne leur prodiguerait des soins destinés à les décrasser de la terre de la prairie, à débroussailler leurs sourcils pour les modeler à l'image de ceux qui ornent le front des femmes, sévères et courbes, à leur frotter la peau pour la débarrasser de sa poussière d'enfance. Elles pourraient ensuite flâner une petite demi-heure dans Granville. Françoise leur confierait un *pécule* qu'elles dépenseraient comme elles le souhaitaient. Sauf en confiseries pour Esther, qui devait *se surveiller*. Elle les attendrait au parking du port, puis les conduirait directement au tennis d'Ambreville où elles retrouveraient trois garçons, le petit-fils Binet et ses amis, pour une partie en double mixte, qui n'avait de double que le nom puisqu'ils seraient six. La soirée bridge chez les Binet avait été fructueuse. Françoise s'accorda un sourire heureux dans le rétroviseur. Les deux couples avaient réussi à troquer les garçons contre les filles. Ou l'inverse, on ne savait pas quelle couleur remportait le pli à ce jeu-là. Elles auraient préparé leurs affaires de sport auparavant, qui resteraient dans le coffre, et pourraient directement se changer dans les vestiaires du club. Bien entendu, tout cela serait très *amusant*.

Solange accueillit favorablement ce programme. Phil, qui se demandait ce qu'était une esthéticienne, acquiesça jusqu'à ce que des garçons soient introduits dans le déroulé de l'après-midi. Esther, elle, protesta dès qu'il fut question de ne pas profiter du jardin et renchérit à chaque nouvel imprévu, c'est-à-dire systématiquement, en particulier lorsque sa grand-mère annonça qu'elles allaient devoir subir les effluves d'un vestiaire. Esther avait horreur des vestiaires, des gymnases et de tout ce qui transportait l'odeur froide d'une antique transpiration, âcre et rugueuse, qui se faufilait dans les narines dès qu'on y posait un orteil. Si, contrainte et forcée, elle devait tout de même affronter un vestiaire, elle collait son nez au vasistas, s'il en existait, ou restait tout du long en apnée, aspirant de grandes bouffées d'air chargé par la bouche, ce qui n'est pas chose aisée alors que l'on doit simultanément se déshabiller ou babiller avec les autres filles.

Le cours de voile du matin se déroula sans encombre. Le nez d'Augustin fit sonner tous les ordres qu'il s'efforçait de ronronner sous le craquement de la pluie, les filles dirent qu'elles n'entendaient rien, en vérité elles n'écoutèrent rien et les bateaux voguèrent. Dans la mauvaise direction, mais ils voguèrent.

Après le déjeuner, un cassoulet en boîte dont la sauce épaissie coulait sur les mentons, elles dirent au revoir à Antoine, qui consentait sans broncher à tout ce manège – tant qu'il pouvait regarder le Tour de France et manger à heures fixes, il consentait. Et puis les histoires de bonne femme, il ne voulait rien en savoir. Elles grimpèrent donc dans la voiture qui glissa vers Granville.

13

Sur la devanture mauve de la boutique scintillait en lettres de la même couleur, comme tracées dans la marge par une écolière rêveuse, *Institut de beauté.* Derrière la vitrine, sur des cartons si brillants qu'ils réfléchissaient les passants, de très jeunes femmes souriaient aux chalands, assurant entre guillemets avoir retrouvé leur beauté d'antan et surtout leur confiance et leur féminité, et ce après s'être tartiné le visage et le corps de tel ou tel produit miraculeux qui trônait sur un présentoir de fortune devant la réclame. Elles bondissaient sur des plages, s'élançaient au galop dans un pré vert poireau ou lançaient un clin d'œil satisfait sous les plis d'un col roulé mousseux, invitant le quidam à pousser la porte afin de partager le secret de la beauté. Cela n'intrigua pas Esther. Mais Phil lui demanda si le soin comprenait la balade en poney, ce dont elle doutait en réalité. En revanche, le mot « institut » la laissait songeuse. Esther se demanda quelle science possédaient les esthéticiennes de la boutique, de qui elles la tenaient. Elle avait étudié en histoire la différence entre science et doctrine, savait qu'il ne fallait pas se laisser *endoctriner* mais opposer à toute prétendue science les herses de son esprit critique. Cela restait théorique, jusqu'à présent elle avait trouvé peu de champs d'application à ce retentissant enseignement. Toutefois, comprenant que peu d'hommes fréquentaient cette institution, elle eut la frêle intuition, vacillante comme une flammette, qu'une science exclusivement prodiguée par les femmes à destination des autres femmes pouvait s'apparenter à une doctrine. C'est donc bien décidée à ne pas se laisser embrigader qu'elle pénétra dans ce temple du savoir féminin, convaincue que les sirènes chercheraient bientôt à ravir ses oreilles en chantant le nom des crèmes, des onguents et des caresses qu'elles appliqueraient sur son visage poupon.

Au bout d'un couloir encadré par deux pans de mur entièrement recouverts de flacons de parfum, dans le halo vibrant des senteurs dégagées par des journées de pression exercée sur les fragrances par des clientes indécises, se tenaient trois femmes affublées de tuniques rose fané. Disposées de part et d'autre d'un long comptoir pistache, elles constituaient le prolongement vivant de l'étal de flacons. Elles semblaient avoir été posées là par une main raffinée, qui les aurait organisées par taille et par volume, époussetées, leur aurait croisé les bras derrière le dos, écarté les lèvres pour dévoiler leurs canines et pressé un bouton sous la nuque chaque fois que quelqu'un entrait dans la boutique, déclenchant la prononciation d'un sirupeux « Bonjouuuur, mesdaaames ».

Françoise, que son âge secouait de très légers soubresauts, avançait toujours cramponnée à la lanière de son sac, qu'elle tenait tout contre sa panse. Cela lui laissait l'autre main libre. Elle avait saisi dans cette dernière l'épaule de Solange et charriait Phil dans le même mouvement.

— Madame Demage, s'exclama le plus vieux flacon, quel plaisir de vous voir ! Comment allez-vous ?

Françoise aimait qu'on la reconnaisse dans les magasins. Qu'on l'appelle par son nom et qu'on la distingue des autres clients avec de petits égards, un échantillon de crème, un sourire plus franc, une poignée de cerises gratuites.

— Fort bien, madame, le beau temps est avec nous cette année !

Elle tournait le dos à la fenêtre derrière laquelle la pluie avait recommencé à tomber.

— Et qu'est-ce que vous nous amenez là ? Ce sont vos petites-filles ? On ne les avait jamais vues, comme elles sont *mignonnes* ! Ce sont les filles de Claude ?

Françoise, toujours cramponnée à son sac, serra un peu plus la bandoulière lorsque le nom de sa fille s'échappa des lèvres de l'esthéticienne pour venir lui pincer l'estomac. Ignorant la dernière question, elle fit sèchement claquer le prénom de chacune des trois cousines entre ses fausses dents, puis expliqua le résultat qu'elle attendait. De sa main libre, elle tapotait l'épaule de celle dont elle parlait comme un marchand de chevaux donnerait de petits coups secs sur la croupe d'une bête prometteuse, vantant ses mérites à un riche lord à monocle. Une fois les consignes données et le chèque signé, elle sortit en claudiquant de la boutique, pour s'en retourner à sa voiture et à ses pensées.

C'était Sabine qui s'occuperait d'Esther. Elle était plutôt jeune, ronde et colorée comme un flacon de patchouli. Quelques taches criardes apportaient de la nuance à son teint grisâtre. Une boule auburn vibrant pour la chevelure ramassée en chignon banane, un vert hôpital appliqué rapidement sur les paupières, un jaune profond peinturluré sur les ongles. Le tout lui donnait l'allure d'un sous-bois d'automne, songea Esther, et inspirait confiance. Sur sa poitrine, un petit badge indiquait : « esthéticienne-clinicienne ». Dans son sillage sucré, Esther luttait pour résister à l'étrange envie de se livrer à ses mains. Clinicienne, pensait-elle, méfiance, ce n'est pas une science. Clinicienne, c'est de la même famille que clinique. Et clinique, sa mère le lui avait expliqué un jour en sortant de l'hôpital, cela voulait dire au chevet du malade. Elle passa la main sur son ventre qui pendouillait comme la balle dégonflée qui dormait dans la remise, puis toucha son visage que commençaient à tacheter quelques boutons d'acné. Être un peu laide, pas trop belle, ce n'est tout de même pas une maladie ?

La pièce dans laquelle elles entrèrent était exiguë, sans fenêtres, entièrement carrelée, froide. Un diffuseur d'arômes propulsait dans l'air renfermé un mélange d'huiles essentielles, lavandin, cèdre et ylang-ylang, précisa Sabine. Elle éteignit le plafonnier, alluma une ampoule dite apaisante qui tamisait la pièce de lueurs tantôt bleues, tantôt vertes et fit signe à Esther de se diriger vers un matelas recouvert de sopalin, porté par quatre pieds d'acier. Esther se débarrassa de ses baskets et grimpa s'allonger sur le matelas dur.

— C'est votre premier soin, madame ? demanda Sabine.

— Oui, c'est tout à fait cela, *jamais encore je n'eus ce privilège*, déclara Esther.

Décontenancée par le titre de « madame » qui sonnait bizarre, elle avait employé pour y répondre une formule qui lui faisait tout aussi bizarre.

Sans sembler le remarquer, Sabine rapprocha une lampe à pieds roulants du chevet d'Esther et pencha son visage au-dessus du sien. Elle avait enfilé des gants de latex et effleurait la peau de la jeune fille, inclinant sa tête d'un côté et de l'autre pour évaluer les particularités du terrain.

« Rohlalalala », maugréa-t-elle pour elle-même.

— Il… il y a un problème ?

— Pas du tout, madame, tout va très bien, se reprit Sabine, allez on ferme les yeux, maintenant.

Sa respiration était bruyante. Elle inspirait longuement et expirait par la bouche, ce qui était fâcheux car elle avait une haleine si forte qu'un seul chewing-gum cerise-pastèque ne pouvait suffire à en venir à bout. Esther aurait dû s'en douter. Ses couleurs vives annonçaient le fruit pourri. C'est ainsi embaumée dans son haleine postprandiale qu'Esther subit les premiers pincements. Sabine plaçait le pouce et l'index à la naissance d'une pustule qu'elle pressait avec un plaisir non dissimulé. Parfois, elle demandait « ça va madame ? », Esther bredouillait une réponse ampoulée et des larmes lui échappaient des yeux. C'était un guet-apens. Sabine pressait ardemment son museau, d'où jaillissaient des vermisseaux blanchâtres qu'elle écrasait dans un mouchoir. Dans la pièce mitoyenne, Solange subissait le même sort. Esther martela en morse un timide S. O. S. au cas où, pendant que la clinicienne changeait d'outils de torture. Puis elle pensa supplier, dire « je ne vous ai rien fait », mais elle était prisonnière. Dès qu'elle essayait d'ouvrir la bouche, Sabine la faisait taire en repérant un comédon aux coins des lèvres qu'elle scellait en le malmenant. Quand elle eut fini d'extraire la vermine du visage de sa victime, celle-ci esquissa un mouvement pour se redresser. « Ce n'est pas terminé, madame », s'entendit-elle dire dans un fumet fétide qui la cloua au matelas. L'esthéticienne commença alors à lui masser vigoureusement le visage. On toqua à la porte. C'était la chef de Sabine, qui voulait savoir si tout se passait bien. Sabine se leva et échangea quelques mots avec elle. Esther entendit : « pas facile », « pas soignée », « du boulot », et comprit que son corps résistait à la beauté. Elle s'en félicita. Quand Sabine se rassit, elle souriait. Cela sembla ragaillardir son bourreau qui se mit à presser sa peau de plus belle. Il fallait exorciser le démon en Esther qui ne se lavait pas, ne se brossait pas et se parait de vase pour faire rire les autres. Sabine saisit entre ses gants les doigts calleux de petit jardinier, noirs de terre et d'herbe. Avec force soupirs, elle entama une longue séance de désherbage qui fit saigner les ongles d'Esther quand elle lui arracha les petites peaux avec lesquelles elle aimait tant jouer quand on lui parlait. Dans l'autre pièce, quelqu'un, sans doute Solange, lui renvoyait son S. O. S. On se sortirait ensemble de cette galère. Sabine pendant ce temps préparait l'assaut final. Elle faisait tourner, à l'aide d'un bâtonnet qui aurait pu tenir une chique, une potion chaude et odorante dans un petit pot. Esther, gourmande, fut alléchée. Sabine enroula autour du bâtonnet une faible quantité de pâte, Esther ouvrit la bouche car elle pensait qu'il s'agissait d'une friandise, d'une récompense pour sa bonne tenue. Mais Sabine la lui referma d'un coup de latex et déposa la bouillie brûlante autour de ses sourcils. Puis, d'un mouvement brusque, elle retira la pâte solidifiée et Esther hurla. Elle n'eut pas le temps de comprendre ce qui lui était arrivé : Sabine, souriante, renouvelait déjà l'opération sur son autre sourcil. Esther, qui n'avait que deux sourcils, fut soulagée. Soulagement illusoire : à peine l'éprouva-t-elle qu'elle sentit, sur les capitules duveteux de sa lèvre supérieure, la pommade chaude couler, se durcir, le latex s'en emparer et la douleur pétrifier son visage.

— Et voilà, madame ! C'est fini ! s'exclama Sabine en lui tapotant la main comme à un malade. Vous voulez vous regarder ?

Elle brandit un miroir qu'elle plaça sous le nez d'Esther encore allongée sans attendre sa réponse. Ce qu'Esther vit dans le miroir, elle ne le reconnut pas. Son visage était luisant, tuméfié par endroits, rougeâtre. Deux fines barres de poils venaient donner une expression extasiée à son œil, comme si elle était perpétuellement surprise. Sa lèvre débarrassée de son duvet roux lui semblait nue et partout de petits cratères rouges, vestiges de boutons avortés, entraient en éruption. Elle se trouva monstrueuse. Si c'était ça, la beauté instituée, elle se préférait laidement désordonnée.

Lorsqu'elle retrouva ses cousines devant la boutique, elle savoura l'allure de gueule cassée de Solange. Elle non plus n'avait pas été épargnée et leurs deux visages déplumés, tantôt rouges, tantôt pâles, tantôt gras évoquaient la triste toilette d'un clown de province, délavée par la sueur au terme d'un long spectacle sous un chapiteau dégonflé.

Phil se pinça les lèvres pour contenir le sourire qui s'y dessinait. Esther attendait cela depuis le début de l'été. L'événement qui les réunirait toutes les trois comme avant, comme le crépiau aux pommes du goûter, comme les pets des grands-parents, comme la gamelle de lait autour de laquelle elles avaient communié chaque matin il y a quelques saisons en espérant apercevoir le hérisson qui habitait leur prairie, « Monsieur Dodu ». Jamais elle n'aurait imaginé que ce serait la laideur, leur drôle de mine défigurée de boxeur à la petite semaine, qui, enfin, leur permettrait de se voir, de se parler, de se reconnaître.

— Personne ne rit, ordonna Solange, impérieuse, avec l'arrogance d'un grand blessé.

Juste au-dessus de ses yeux, à la naissance du nez, la cire avait oublié une grappe de sourcils, comme le gel épargne parfois certains ceps de vigne. Ils semblaient s'être tassés, serrés, rebroussés au fond du talus nasal en se tenant par les bras pour se donner du courage.

Pourtant Solange elle-même sentait dans son ventre comme une secousse qui revenait de très loin, charriée par un vent d'insouciance et de ridicule, un rire qui venait de l'enfance, qui bouscula sa gravité habituelle et qui sortit péniblement, bien malgré elle. Esther et Phil y firent écho avec bonheur et toutes les trois partagèrent, pendant quelques précieux instants, un délicieux moment d'oubli.

14

— Qu'est-ce que vous voulez faire ? demanda Solange en frottant la peau rouge qui la démangeait au-dessus de sa lèvre, tout en ravalant sa dernière secousse de rire comme on savoure la dernière bouchée de son dessert préféré, une pavlova crémeuse ou une tarte aux abricots couverte d'une généreuse gelée.

— On pourrait monter dans la vieille ville, proposa Esther, et aller se faire dire la bonne aventure par la sorcière ? Il ne pleut presque pas.

Solange et Phil acquiescèrent et on se mit en chemin.

Granville était, dans l'esprit d'Esther, organisée en trois parties. Le port, d'abord, avec sa digue verdie par les algues qui lui léchaient les pieds, les lui rongeaient, même, à certains endroits. Le port chassait plusieurs fois par jour quelques navettes vers Chausey, les ramenant entre ses bras noirs pour la nuit. Son phare, amoureux languissant qui faisait signe à Cancale sans répit et sans rien attendre en retour. Puis la ville moderne, qui côtoyait le port, dont Esther possédait une géographie imparfaite, se repérant à tâtons et sentimentalement en fonction d'une carte du doux plus que du tendre. Il y avait la rue du salon de thé dont les serveuses revêches glissaient parfois un chocolat, praliné s'ils avaient de la chance, ganache s'ils en avaient moins, aux enfants quand ils remettaient leurs manteaux. Cette rue croisait celle de la boulangerie où se vendaient des pains au chocolat géants qu'on avait toujours refusés à Esther et qu'elle s'était juré d'acquérir dès qu'elle gagnerait son premier *salaire.* On arrivait ensuite dans la rue du marchand de vêtements bariolés que Solange aimait jusqu'à l'été précédent, autant dire autrefois. Celle-ci vous amenait enfin sur la grand-place où se trouvait la Monaco du Nord, le tabac en face duquel Esther suppliait sa grand-mère de lui offrir un paquet d'images Panini, celles pour filles, pas celles de football. Il y aurait désormais la rue de l'esthéticienne, frontière ultime du monde qui lui était connu. Enfin, il y avait la vieille ville, le tiers-lieu, dans laquelle elle s'aventurait peu car il y avait la haute et la basse ville. La ville moderne, d'où partaient les trains et les bateaux, c'était la basse ville, encaissée entre trois collines, onctueuse et sécurisante comme la cuvette d'un bain chaud. On y était descendu jadis, lui avait-on expliqué, pour échapper au vent qui arrachait les tuiles d'ardoise au-dessus des toits et soulevait les chapeaux des petites dames endimanchées. La vieille ville avait peu à peu tamisé ses habitants les plus respectables dans la cuve de la ville moderne, ne gardant en son ventre que les cailloux difformes qui, venus de nulle part, ne pouvaient aller ailleurs. Ceux qui étaient restés accrochés aux collines disaient qu'ils vivaient dans la haute ville. La réalité, la réalité pour Esther en tout cas, c'est qu'ils vivaient dans les bas-fonds. Au fur et à mesure que l'on montait la pente, les rues devenaient des ruelles, puis des coupe-gorge ou des traboules, comme disait Antoine. Les façades se ternissaient jusqu'à devenir grises du gris de la roche des pierres du cimetière de Saint-Michel-des-Loups, où Esther allait parfois, à la Toussaint, déposer un brin de bruyère sur la tombe de Claude, pendant que Françoise, un pas en arrière, pétrissait son mouchoir sans jamais risquer un regard sur la tombe où se détachait, gravée à l'or fin, l'inscription *1955-1985*, de peur que Claude ne meure une seconde fois. Esther pensait qu'on grimpait dans les hauteurs comme on descend aux Enfers, et si l'on n'était pas persuadé dans son cœur qu'on l'avait vu un jour briller, on pouvait oublier que le soleil, que l'on perdait dès lors qu'on pénétrait par la porte-bouche qui marquait l'entrée de la ville haute, avait jamais existé. Bienheureux ceux qui voient le jour, semblaient d'ailleurs lui dire les volets fermés, les coussins aux pattes des chats couronnant la tôle froide et la peinture qui, ramollie par la pluie, faisait pleurer les murs des plus grandes maisons.

Enfin, c'est ainsi qu'Esther résumait la géographie de Granville lorsqu'on lui demandait où elle passait ses vacances. Et c'est donc avec courage que les trois cousines quittèrent la basse ville pour rejoindre la haute ville où se trouvait la tanière de « la sorcière ».

Elle n'était pas plus sorcière que vous et moi. Elle était simplement un peu plus âgée, un peu moins belle et un peu plus étrange que la plupart des êtres humains qu'Esther côtoyait. Le fait qu'elle possède une boutique de cristaux aux propriétés extraordinaires (félicité, perte de l'être aimé, prospérité, remède général contre tous maux), dise parfois la bonne aventure en se tenant tragiquement le front tout en faisant vibrer les étoffes violacées dont elle se parait et que cela remue la petite boule de chair semblable à une verrue sur la pointe de son nez, avait suffi à instruire son procès sans jurés et à en faire une sorcière. Et une sorcière puissante.

Solange, Esther et Phil prirent à gauche la rue des Juifs qui grimpait mollement en commentant les couleurs des poteries aux vitrines des céramistes. Elles caressèrent le chien de l'horloger qui le suivait partout comme la trotteuse suit à petits bonds la course des aiguilles sur un cadran nacré. Parvenues au pont-levis de la porte-bouche, elles dirent au revoir au soleil comme on se signe, en n'y croyant pas vraiment, et pénétrèrent dans l'enceinte embuée de l'ancienne ville. Elles divaguaient à vue, à travers le fumet de pluie qui tournoyait à présent dans l'air et formait de délicates spirales semblables à des vapeurs d'encens mouillé. Le ciel ici était moins un horizon qu'un plafond, qu'un couvercle, dont s'échappaient les épaisses volutes. Elles furent scandalisées par leurs reflets grotesques lorsqu'elles passèrent devant le miroir terni du cordonnier, puis effrayées par un très vieil homme derrière une fenêtre aux carreaux sombres qu'elles prirent pour une statue avant qu'il ne déforme son visage en une grimace édentée à leur passage. Elles dépassèrent la crêperie carmin du farfadet qui vendait les crêpes caramel-beurre-salé les moins chères de la ville. Elles firent un dernier effort dans la rue Notre-Dame, plus pentue que les autres, Phil parla de pic, et arrivèrent devant l'Encensoir où officiait la marchande de pierres et d'histoires. Trois promesses étaient déclinées en lettres dorées horizontales sur les lambris violets qui sertissaient la vitrine : mieux-être, senteurs au pluriel et cadeau au singulier. Une armée de vierges de toutes tailles, de toutes les matières, toutes façonnées en Chine, aussi dépareillées que les flacons de parfum de l'institut, semblaient avoir été placées là comme les saintes garanties d'une promesse annoncée.

Les trois filles poussèrent la porte sans un mot. Le mystère de ce lieu, auquel elles croyaient comme on croit aux revenants et aux prophéties, ne devait être percé par aucun son intelligible. La boutique était effectivement pleine de senteurs noires ou bleuâtres, mais vide d'humains. Solange prit la tête du cortège, son courage à deux mains et poussa les tentures du fond du local qui marquaient l'entrée du débarras où se tenait parfois, grelottante et en équilibre sur un tabouret à trois pattes, la maîtresse des lieux.

Elle était là telle qu'elles l'y avaient laissée dans l'ombre de leur souvenir, en équilibre sur un tabouret à trois pattes et grelottante. Sous une épaisse laine de châles ténébreux dont s'échappaient deux mains secouées de petits tremblements et une maigre tête oblongue, fripée, presque rêche par endroits, comme racornie par le sel que le vent arrachait à la mer les jours d'orage pour le lancer aux visages de ceux du haut et les renvoyer derrière leurs volets, elle marmonnait. Deux masses de cheveux jais, dont la pointe semblait toujours humide, comme si la créature débarquait tout juste d'une conque noire et vénéneuse, qui l'attendrait encore sur la plage au milieu des rochers pour la ramener au centre de la terre, Esther en était certaine, se jetaient du haut de son crâne vers le sol comme les suicidés se jettent de la falaise surmontée de la grande maison blanche, entre Saint-Pair et Ambreville.

— Je vous attendais, susurra-t-elle en rabattant dramatiquement une longue mèche derrière son oreille pâle.

Elle disait cela à quiconque entrait dans la boutique, c'était le plus grossier de ses grossiers artifices, la plus grosse paillette écrasée sur son front de bateleuse pour aveugler les candides. Mais les cousines prirent cette déclaration pour preuve formelle, indéniable, de ses pouvoirs paranormaux. Elles étaient attendues alors qu'elles-mêmes ignoraient quinze minutes plus tôt qu'elles viendraient. C'était de la magie puissante, de la magie noire, diraient-elles au fils Binet et à ses amis, un peu plus tard dans l'après-midi.

— Madame, dit Solange d'un ton empreint d'un peu de respect et de beaucoup de crainte, nous sommes venues ici pour que vous nous tiriez les cartes.

Elle accompagna sa tirade d'un geste, comme pour déployer un éventail de cartes invisibles sous le nez de ses cousines, qu'elle conclut en faisant voyager, de la poche de son jean à la table par-dessus laquelle se courbait la voyante, le *pécule* que Françoise leur avait confié pour leurs *loisirs*.

La sorcière plissa les yeux comme un faux sourd qui jouerait à ne pas entendre, comme si elle ne comprenait pas ce qu'on lui demandait, comme si demander la bonne aventure dans un magasin de pierres et d'encens était tout à fait incongru. Sans leur adresser la parole, elle porta les yeux sur Solange, puis Esther et enfin Phil. La sorcière, lente et pensive, fit gémir un tiroir de dessous la table et en sortit un jeu de cartes aussi jaunies que sa cornée. Elle fit rouler une petite gamelle en fer, plate et large, qu'elle posa juste devant elle. Immobiles, les trois filles étaient suspendues à ses gestes, suivant chaque étape du rite, les ongles qui grattaient le fond de la gamelle, le doigt qui désignait le paquet de cartes, la main qui se resserrait dans la gamelle pour saisir un insecte invisible, l'autre main qui dévoilait la carte, avant de dérouler l'index pour désigner Phil.

— Pour toi, la vie est un perpétuel recommencement, commenta-t-elle en mettant en évidence deux personnages sereins se jetant du haut d'une tour.

Phil parut satisfaite de la prédiction. Elle l'interpréta comme un signe d'espoir. La sorcière reprit calmement son sortilège. Esther sentit la peur s'accrocher à son estomac. Si la sorcière annonçait quelque chose de terrible, cela se réaliserait. Elle prit conscience à cet instant, vaguement, qu'elle ne voulait pas connaître l'avenir, le bien et le mal que l'on avait décidé pour elle, loin dans les nuages, bien avant que l'idée même de son existence n'effleure ses parents. Si elle savait ce que l'avenir lui réservait, à quoi bon, à quoi bon rêver et espérer, à quoi bon agir puisque tout était écrit. Elle n'aurait plus qu'à s'asseoir sur un coin de banc dans l'attente que ce qui devait arriver arrive. Elle préférait ne rien voir, ne rien entendre. Elle préférait avancer aveugle et se heurter aux murs, violemment s'il le fallait, quitte à se fracasser le crâne, à le casser comme un œuf sur le sol qui se répandrait le long du mur pour le reste de ses jours. Elle ne voulait pas qu'on lui annonce la mort, la joie, la vie ou le malheur. Elle avait peint ce paravent de généralités à grands traits dans son esprit, mais elle savait qu'il masquait l'entrée de la pièce qui renfermait ses véritables craintes. Elle avala sa salive. Derrière, se cachait la chambre d'un hôpital, dans laquelle il y avait un lit triste où souffrait un père endormi. C'est de ça qu'elle ne voulait pas qu'on lui parle. Sa vie à elle, sa mort à elle, elle s'en fichait pas mal. Elle eut envie de partir en courant. Comme la sorcière reprenait le rite, grattait de ses ongles le fond de la gamelle, désignait de son doigt le paquet de cartes, resserrait sa main dans la gamelle pour saisir un insecte invisible, un coup de tonnerre retentit. Dehors, la nuit avait surgi et le vent se mit à souffler avec force. Mais le climat était moins menaçant que ce qu'abritait cette bouche fatale dans cette sinistre boutique et qui menaçait de sortir pour saisir Esther à la gorge à tout moment. La sorcière retourna une carte sur laquelle se tenait un vieil homme profondément ridé, et les yeux des cousines qui s'étaient posés sur Solange se détournèrent rapidement lorsque la sorcière désigna Esther du doigt.

— Toi, oui, toi, répéta-t-elle d'une voix chevrotante alors qu'Esther ne semblait pas comprendre que la prédiction lui était destinée, toi, sache seulement que la solitude est la patrie des forts.

Esther reprit son souffle et, soulagée, ne chercha même pas à comprendre ce que la sorcière avait voulu dire. Elle ne saurait d'ailleurs jamais quoi faire de cette sentence et l'oublierait très rapidement.

La sorcière reprit son rite, gratta le fond de la gamelle de ses ongles, désigna de son doigt le paquet de cartes, resserra sa main dans la gamelle pour saisir un insecte invisible, le tonnerre gronda une seconde fois et soudain ses yeux devinrent ronds comme la lune. Elle fut prise de légers spasmes qui firent trembler tous les plis de ses châles. Puis elle couvrit ses yeux torves de son autre main pour dévoiler la carte, sur laquelle un squelette hilare et courbé fauchait au sol une sémillante moisson de mains sans corps.

— Toi, gronda-t-elle en pointant son doigt crochu sur Solange, qu'elle saisit par le vêtement pour l'attirer brutalement vers son œil ardent, malheur pour toi ! Malheur pour toi ! Malheur pour toi !

D'abord hébétées, car c'était Esther qu'on s'attendait à voir maudite par les cartes, les trois cousines finirent par prendre peur. Esther gémissait, Phil gémissait, Solange, frissonnante, mugissait tout en se débattant pour retirer un à un, comme des clous dans un cercueil qui condamnerait un corps toujours en vie, les ongles de la sorcière venus se planter dans sa chair déjà meurtrie par les vendanges de l'esthéticienne. Quand elle se libéra, elle saisit chacune de ses cousines par le poignet et toutes les trois se ruèrent vers la sortie. Dans leur précipitation, elles firent tomber la gamelle sur le carrelage, dont Phil dirait plus tard qu'elle servait à cuire des fœtus dans le sang de leurs mères. L'écuelle tourna au sol, plaintive, encore longtemps après leur départ.

Elles traversèrent l'orage, dévalèrent la rue Notre-Dame, dépassèrent la crêperie carmin du farfadet qui vendait des crêpes miel-citron tout à fait correctes. Elles ne ralentirent pas devant la fenêtre du vieil ivrogne grimaçant ni devant le miroir terni du cordonnier et se précipitèrent hors de l'enceinte de la vieille ville tandis que l'orage grondait à nouveau. Elles fendirent le vent et les rideaux de pluie, caressèrent à peine le chien de l'horloger qui jappait de peur, dépassèrent les vitrines des céramistes, prirent à droite au bout de la rue des Juifs et coururent encore plusieurs centaines de mètres avant d'atteindre le parking. La voiture de Françoise les attendait comme convenu. Immobile dans la tempête. Ruisselantes, perlant de sueur, les cheveux mouillés qui retombaient sur leurs épaules en boudins tels des serpents assommés, le teint enflammé, les yeux brûlants, surplombés pour Esther et Solange par une absence de sourcils qui leur donnait une expression exaltée, ce furent trois furies vengeresses qui frappèrent ardemment à la vitre côté conducteur. La vitre s'abaissa et le visage de Françoise apparut, qui souriait.

— Dieu que vous êtes ravissantes ! s'exclama cette dernière en retroussant les lèvres jusqu'à la naissance de son dentier. De vraies petites femmes !

15

Le club de tennis d'Ambreville avait connu des jours meilleurs. Il avait été, il y a longtemps, superbe. Du temps de sa splendeur, racontait Françoise, on s'y rendait en beaux habits blancs comme l'écume ou la chair lumineuse d'un poisson encore humide. Les hommes en blanc saluaient les femmes en blanc. Soulevaient, parfois, leur chapeau. La terre ocre, domptée par un filet à fines mailles, enlaçait les pieds et les mollets des joueurs tant qu'ils étaient sur le terrain, mais les quittait avec grâce, dans un fin nuage, aussitôt la partie achevée. En ces temps-là, le tennis, comme la voile ou le golf, était l'unique décor connu des jeunes gens pour leurs vacances et leurs rêveries. Ils n'avaient pas d'amis mais des compagnons, de tennis, de voile ou de golf. Ils pouvaient à loisir échanger des banalités sur ces thèmes prescrits pour retrouver ensuite le secret de leurs âmes et de leurs chambres. Ils y circulaient avec la liberté de fauves en cage, libres de se parler, de se plaire et même de s'aimer tant qu'ils n'allaient pas parler, plaire et aimer hors des terrains tantôt grillagés, tantôt cerclés, tantôt minés par les bunkers de sable que la bourgeoisie leur offrait. Ils ne franchissaient pas les limites du cercle de feu tracé par leurs parents, au-delà duquel toute rencontre était interdite, et jouissaient à pleine bouche de cette liberté sous condition. C'était alors un monde dans le monde, délimité par de fines frontières de peinture blanche, où chacun connaissait chacune et suivait la loi muette de la bonne éducation.

Face aux quatre courts de terre battue, une maison singulièrement petite, couverte de vigne vierge, avait poussé. On l'avait placée à l'orée des courts comme la maison du garde-chasse se place à l'orée des bois, pour surveiller les promeneurs et les cueilleurs de champignons. Sur la terrasse, quelques tables et des parasols jadis de couleur unie, bleu vacances, étaient disposés de manière à observer le spectacle. Non pas du jeu, mais des rencontres. Qui parle avec qui, qui baisse les cils, qui hausse le ton, qui jette sa raquette, exaspéré. Qui se languit au bord des filets. Voilà le genre de parties qu'on venait voir en sirotant une menthe à l'eau ou un kir royal à l'ombre des parasols du club de tennis d'Ambreville, du temps de sa splendeur, racontait Françoise.

Aujourd'hui, il n'y a plus de club de tennis. Le terrain est recouvert de terre brune et d'herbe brûlée. La vigne a dévoré la maison. Il n'y a plus d'orée du bois. Il n'y a qu'un bois. À la place des poteaux, des grillages et des filets s'étend une forêt de pins. Des jeunes et des vieux pins. Si l'on s'y promène le museau relevé pour admirer le soleil noir sous la pelote d'aiguilles fines, on peut buter sur un morceau de béton que seul un ancien saurait identifier comme un vestige de ce qui avait été le club de tennis. Il expliquerait que ce morceau de béton était blanc, du temps de sa splendeur.

Les pins qui bordaient les courts guettaient depuis toujours le moment où ils pourraient étirer un peu leurs racines, pour gonfler leur écorce et grandir sur un territoire élargi où ils élèveraient leurs enfants. Le club de tennis, depuis sa construction, représentait la terre promise. Alors ils attendirent patiemment, de longues années d'humains, de courtes années d'arbres, que les hommes se retirent. Ce moment arriva exactement le jour où Solange, Esther et Phil rencontrèrent Aimé Binet et ses deux amis. Déjà à cette époque, la revanche des arbres se préparait. La terre du terrain sur lequel se déroula la partie de double mixte n'était plus battue mais rebattue par les vieilles idées qui n'accrochaient plus au sol moderne sur lequel étaient nés Esther et les autres. Quelques touffes d'herbe poussaient déjà aux coins du court telles de timides rides au coin des yeux. Le filet au centre, autrefois strictement tendu, noir comme de l'encre, pendouillait. Il verdissait de moisissure et était même percé en son milieu, se décharnant au gré des jours. La chaise d'arbitre semblait avoir pris sa retraite. Elle laissait ses quatre vieilles jambes rouiller tandis qu'un lichen mousseux lui avait enserré les pieds dans de délicats chaussons vert pomme. Tout était usé mais gardait une forme de dignité, comme un vieillard voûté s'échinerait à visser sur sa tête un impeccable chapeau pour sortir de chez lui. Les lignes blanches qui enlaçaient le terrain étaient effacées par endroits et les adolescents les effacèrent encore davantage en ne les considérant presque pas pour compter les points. En revanche, dans l'esprit de Françoise, ces lignes blanches brillaient, contenaient tout son raisonnement et c'est entre ces limites que son cerveau trépignait, décidait, calculait, se demandant combien de jeux il faudrait à ses petites-filles pour remporter la seule partie qui à ses yeux avait une quelconque valeur : le beau parti. Le fait qu'elles soient à peine plus âgées que la Sophie de la comtesse de Ségur lui importait peu. Il faut apprendre à jouer jeune pour devenir performant.

Elles arrivèrent avec quelques minutes de retard. Aimé Binet et ses deux amis étaient assis autour de l'une des tables de la terrasse. Ils ne buvaient rien, ils ne parlaient pas. Quand ils aperçurent les trois filles, trempées jusqu'aux os, l'un d'entre eux dit quelque chose qui fit ricaner les deux autres. Tandis qu'elles se rapprochaient, ils se mirent, sans se concerter, à regarder partout sauf dans leur direction.

— Salut, dit Phil, on est les petites-filles Demage, vous venez jouer au tennis ?

Esther observa la bouche close de Solange, et ses yeux rivés à ses baskets. Pourquoi avait-elle laissé sa sœur prendre la parole ?

— Oui, nos grands-parents se sont parlé, je crois, répondit Aimé. Lui c'est Jules, et lui Kamil, c'est mes meilleurs potes. C'est un peu ridicule, cette histoire de tennis arrangé, mais au moins comme ça on rencontre d'autres gens, ce bled est minuscule, on y vient depuis toujours et pourtant, nous, on ne connaît personne.

Une fine couronne de poils ornait la bouche des trois garçons. Esther en déduisit qu'ils étaient plus âgés qu'elle. Qu'ils avaient l'âge de Solange. L'âge *ingrat.* Elle regarda Aimé. Aimé était beau. D'une beauté simple, radieuse. Il avait toujours été beau, même enfant, gracieux, même adolescent. Il rayonnait de l'insouciance des belles personnes, qui vivent dans un monde où on leur sourit parce qu'elles sont douces à voir. Lorsqu'il parlait, le halo de boucles blondes qui encadrait son visage ondulait le long de ses joues légèrement rosées. Le voir parler, bouger ses tendres doigts de joueuse de harpe pour appuyer ses propos, c'était, songea Esther, comme poser l'œil contre le judas de cette vieille porte à Rome dont on lui avait parlé, derrière laquelle se trouve un jardin secret où jaillit le plus joli des jets d'eau. Au contact d'une beauté pareille, on se sentait immédiatement privilégié, aimé des dieux. À côté de lui, les deux autres, le Petit parce que c'était le plus petit, et le Bleu parce qu'il avait une casquette bleue – Esther ne retiendrait jamais leurs prénoms –, n'avaient rien de remarquable. Esther, qui imaginait qu'Aimé, parce qu'il était beau, était forcément riche, riche comme un prince, ne voyait rien d'autre en eux que deux pages qui le suivraient dans ses aventures, le chausseraient, équiperaient son cheval et riraient à la moindre de ses plaisanteries. Car c'est ainsi qu'Esther imaginait la vie des princes, la vie des beaux, la vie d'Aimé. Il était tout simplement inconcevable qu'il aille au collège, fasse ses devoirs de vacances et mette la table le soir, comme la plèbe. Avec une telle beauté, il devait tenir son rang, et tous devaient lui obéir.

— Moi, c'est Phil.

— Moi, c'est Esther, je suis leur cousine, dit-elle en désignant Solange, puis Phil.

— Et toi, la sœur de Phil, comment tu t'appelles ? demanda Aimé aux cils baissés de Solange.

— Moi, c'est Solange, répondit-elle en levant les yeux puis le bras pour agripper une main à son cou comme un bateau serre les amarres lorsque le vent se lève.

Le soleil était revenu, plus dense et plus brillant, comme souvent après les orages normands. La lumière qui en émanait faisait vaciller le contour des choses et transformait la couleur du monde, la réfractait sous une forme nouvelle et inconnue, comme autant de diamants d'un kaléidoscope à usage unique. Dans cette lumière, les pins paraissaient bleus, les flaques laissées par la pluie du début d'après-midi sur la terre battue luisaient de reflets vert émeraude et les peaux semblaient rouges ou noires selon les individus. Dans cette lumière, Esther ne pouvait dire, par exemple, si les pommettes de Solange s'étaient empourprées lorsque Aimé s'était adressé spécifiquement à elle. De même, les rayons du soleil plongeant jusque dans les pupilles des adolescents, les forçant à plisser les yeux pour ne regarder qu'à travers l'espagnolette de la peau, à se parler sans se voir, glissant les mots sous leurs paupières comme on glisse une lettre sous une porte, il était impossible à Esther de dire si Aimé avait adressé un léger clin d'œil à Solange lorsqu'il lui avait demandé son prénom, sujet qui fit débat entre les cousines sur le trajet de retour.

De la petite maison couverte de vigne vierge s'échappait alors une femme d'allure musclée qui se dirigeait à grands pas vers leur table. Elle ressemblait à un de ces animaux qui adoptent les couleurs et la texture d'une feuille ou d'une roche pour se fondre dans leur environnement et tromper l'esprit des prédateurs. Ses cheveux et ses vêtements étaient aussi blancs que les lignes de démarcation des courts l'étaient du temps de la splendeur du tennis d'Ambreville. Les membres humains, tête, bras, jambes, qui émergeaient du tissu recouvrant le reste de son corps étaient orange. Orange comme la terre bien sèche, pensa Esther. Si par mégarde on lui tapotait le visage, on soulèverait un léger nuage de Terracotta dont elle se fardait, qui collerait aux doigts.

— De la part du tennis-club, dit la femme en déposant sur la table une bouteille de soda, un plateau de petits-beurre et six gobelets colorés.

Elle baissa l'ovale de terre cuite de son visage vers Aimé.

— Ton père a beaucoup couru sur nos courts quand il était plus jeune, précisa-t-elle en pressant le moelleux de son biceps ténu, tu lui ressembles comme deux gouttes d'eau, et à ta mère aussi. Comme elle était belle à l'époque, elle *désolait* tout le tennis-club.

Désolante. C'était le mot que cherchait Esther. La beauté d'Aimé était désolante. Cela la rassura de savoir que la mère d'Aimé était belle. Il ne pouvait pas tenir ça de ses grands-parents, les infâmes Binet et Binet, duo monstrueusement comique devant l'Éternel, qui portaient leur laideur avec tant d'assurance. La mère constituait le chaînon manquant dans la généalogie de la beauté que la jeune fille avait tracée à grands traits dans sa cervelle pendant que les cinq autres cherchaient à déterminer si oui ou non cela valait la peine d'écouter du rap US. L'emploi du verbe « désoler » pour qualifier l'empire de la beauté de la mère d'Aimé sur l'univers du tennis-club et vraisemblablement au-delà hanta longtemps Esther, qui se demanda souvent par la suite quel était son pouvoir à elle, quelle marque elle pourrait laisser sur le monde. Elle qui portait de longs cheveux roux et un coussin de graisse tendre au ventre. Elle qui n'était pas belle.

— Vous aussi, les filles, vos pères ont bien couru sur nos terrains. Surtout le tien, dit-elle en pointant le menton vers Esther, sans lâcher la douce peau du biceps d'Aimé. Quel revers, ton père ! Un formidable revers de gaucher. Comme toi, tu es gauchère, non ? Enfin, il fallait le voir prendre sa raquette à deux mains et *bam* !

Elle attrapa le bras d'Aimé pour mimer le légendaire revers de Richard et manqua renverser la dînette d'adultes qu'elle leur avait installée afin de *faciliter* le contact, ainsi que Françoise le lui avait secrètement ordonné par téléphone la veille, en faisant claquer ses fausses dents comme un dompteur de jeunes fauves fait claquer son fouet.

— Oui, vraiment, poursuivit-elle d'une tonalité légèrement plus basse, oui, vraiment quel joueur ton père, toujours si drôle avec ça, et gentil, mon Dieu, on s'en souviendra, ça c'est sûr, on n'oubliera pas.

Les pieds d'Esther se mirent à cogner contre sa raquette de tennis et ses doigts cherchèrent l'assiette de petits-beurre pour s'accrocher aux bords bosselés d'un biscuit.

— On n'oubliera pas ses qualités de joueur de tennis, mais lui il n'est pas question de ne pas l'oublier, il est juste en *vacances*, affirma Solange en serrant son bras autour des épaules d'Esther.

— Non, bien entendu, c'est ce que je voulais dire, se rattrapa la directrice du club. Bon, les petits jeunes ! Amusez-vous bien, profitez du soleil et allez *taper* la balle tant qu'il est encore là ! Je vous laisse, je suis dans la maison là-bas si vous avez besoin de quoi que ce soit.

Sur ce, elle lâcha le bras d'Aimé, tourna les talons et s'en retourna d'où elle venait. Ils attendirent qu'elle s'éloigne avant de reprendre le fil de leur conversation, comme pour s'assurer qu'aucun morceau d'adulte ne viendrait empiéter sur ce qu'ils échangeraient, qui n'appartenait ni à l'enfance ni à la maturité.

Solange se saisit de la bouteille de soda et versa un verre à chacun, consciencieusement, sans un mot. Elle distribua ensuite les petits-beurre, se sacrifiant dans le partage car il n'y en avait pas assez pour chacun. Elle s'assura avec une inhabituelle prévenance que ses cousines étaient servies à leur convenance, leur conseilla d'attendre que la mousse caramel se soit dissoute en crépitements ténus dans le reste du breuvage pour y tremper leurs lèvres, ça évitait les gaz, et partit chercher quelques rondelles de citron dans la maison couverte de vigne. Aimé ne quittait pas des yeux ce drôle de valet, attentif aux autres, serviable, souriant, qui sentait bon l'huile de soleil dont Solange enduisait, depuis peu, ses cheveux de feu. Esther ne comprendrait que plus tard que Solange, ayant rencontré un homme à son goût, s'était automatiquement, comme par réflexe, mise à fredonner l'air d'une très vieille chanson destinée à charmer les oreilles masculines, un très vieil air avec lequel on les berçait depuis l'enfance. Un air qui résonnait encore si l'on collait ses oreilles, comme à un coquillage, au filet de tennis, tant il avait été joué au club du temps de sa splendeur. Un air qu'elle avait entendu sous ses différentes variations dans toutes les maisons qu'elle avait connues. L'air de la bonne petite femme. L'air préféré de Françoise, qu'elle fredonnait dans sa cuisine. Et le charme opérait. Aimé Binet connaissait aussi cette mélodie, qui lui évoquait sa mère et sa grand-mère. L'entendre dans la bouche d'une fille de son âge lui plaisait bien.

— Bon, on s'y met ? s'impatienta le Bleu en rajustant sa casquette.

— Oui, allons-y ! s'exclama Phil.

Esther ne s'était pas changée, cela lui évitait une apnée au vestiaire et de toute façon elle ne comptait pas jouer. Elle n'était guère inspirée par ces nouveaux camarades de circonstance déjà tout verticaux – sauf le Petit – bien qu'un peu de guingois, légèrement inclinés, penchants. Leurs parents prenaient bien soin d'ailleurs de les redresser pour éviter toute *déviance*, car la croissance des adolescents est facétieuse. Tous les trois étaient affublés d'un duvet tantôt mousseux tantôt dru comme les piques d'une toute jeune chenille sur le haut de la lèvre qu'on semblait avoir posée là sans trop réfléchir au résultat que cela donnerait et l'effluve qui s'échappait de leurs aisselles, végétal et coriace, lui pinçait le nez. « Ils sentent le gymnase », dirait-elle à sa grand-mère lorsqu'elle leur demanderait si le petit Binet et ses amis étaient *amusants*.

Elle suivit le cortège vers le court qui leur était attribué. Les Demage, qui étaient *sociétaires* du club, avaient le *privilège* de ne pas payer leurs heures de tennis et le club leur rendait hommage en leur attribuant le court le moins bien entretenu, celui du fond. Le Bleu et Aimé se placèrent sur la ligne arrière tandis que Solange et Phil leur faisaient face. Le Petit était resté à côté d'Esther. Il ne jouait pas non plus. Il respirait très fort, par la bouche, et l'observait comme on observe un bon éclair au chocolat, derrière une vitrine. Elle se fit la réflexion qu'elle n'avait pas tiré la bonne pioche dans la distribution des couples. Son partenaire avait la gueule rouge d'un joueur de billes médiocre et des chaussures démodées, avec des scratchs. Elle décida de mettre fin à leur brève promiscuité en grimpant sur la chaise d'arbitre mousseuse au pied de laquelle elle détacha un petit bouquet de coquilles d'escargot séchées. Ne sachant quoi en faire, elle le lança sur le Petit. Juste histoire de tester ses réflexes. Il le lui renvoya. Pas mal.

En hauteur, sur son trône bancal de vieille reine, un chevalier à ses pieds, Esther se sentait bien. Elle pouvait assister à la scène sans y prendre part. C'est comme ça qu'elle était à l'aise. Depuis son trône, elle prenait plaisir à voir ses sujets la divertir. Elle observa d'abord Phil, son bouffon, qui lui faisait des grimaces entre les points, gesticulait comme une sauterelle pour rattraper les balles perdues et tournait la tête vers elle afin de vérifier qu'elle gobait bien toutes les mouches de rire que lui envoyait sa raquette. Elle se félicita ensuite de s'être suffisamment élevée pour déceler ce que les quatre joueurs pensaient masquer et voir à découvert ce que le jour laissait dans l'ombre. Elle vit très précisément Solange voltiger comme un oiseau, belle comme une fleur éclose, légère comme un cerf-volant, entrebâillant sa jupe de tennis quand elle se trouvait dans le champ de l'œil d'Aimé. Elle vit Aimé tranquille comme un prince, serein, frissonner pourtant, quand Solange lui renvoyait la balle comme s'il n'y avait qu'elle et lui, comme si un invisible fil d'or lui permettait de l'attirer un peu plus à lui, de l'éloigner un peu plus des autres. Elle vit enfin, sur le premier court baigné de soleil, sous l'auvent de son rayon le plus ardent, l'ombre noire de son père sautiller comme un songe entêtant. Bondir et frapper, si fort, de son revers de gaucher, l'ombre d'une balle. Cela lui fit chaud au cœur. Elle ignorait que son père avait été un bon joueur de tennis, du temps de la splendeur du club d'Ambreville. Elle était heureuse de l'avoir appris. Ses yeux restèrent fixés à cet endroit comme ses pensées l'étaient à cet instant sur son père, l'image de son père heureux et débordant de vie. Elle vit le Bleu qui ne voyait rien à cause du soleil et de son esprit étroit, elle baissa son regard sur le Petit, à ses pieds, désormais accroupi et qui lui aussi montait la garde, pour on ne savait quelle raison. La partie s'acheva avec l'avantage pour les Demage.

Les garçons proposèrent aux filles d'arrêter de jouer, c'était ennuyeux, et de se retrouver plutôt pour des activités de leur âge, une autre fois. Les arbres allongèrent leurs branches pour bien entendre. Ils ne reviendraient plus au tennis. Ils ne savaient pas vraiment jouer, et puis c'était plus simple pour discuter de prendre un verre, au Roseau Penchant par exemple. Les feuilles frémirent. Non, vraiment, le tennis, c'était un truc de vieux. Les écorces grincèrent de plaisir. On se retrouverait donc le lendemain soir pour un verre au Roseau Penchant, voilà qui était dit. Les six adolescents se mirent en route, Solange et Aimé loin devant. Ils remuaient leurs lèvres mais parlaient tout bas. Descendue de sa chaise, Esther n'avait plus le pouvoir de connaître les pensées de ses sujets et, reine déchue, se contenta d'analyser les petits gestes qui trahissaient chez eux de grandes émotions. Une main qui froisse un pan de jupe, des pieds qu'on traîne pour ne pas arriver trop vite au carrefour. Quelque chose se tramait, mais elle n'aurait su dire quoi. Le Bleu et Phil se disputaient pour savoir qui avait vraiment remporté la partie, sachant que personne n'avait vraiment compté les points. Esther avait fait en sorte de rester seule, loin derrière, avec le Petit. Et seuls les arbres auraient pu entendre leurs paroles s'ils n'avaient pas été occupés à lancer l'assaut qui marquait le début de la fin du tennis d'Ambreville. Car tandis que les uns et les autres piaillaient au vent, langoureusement, comme des murènes, les fougères s'étaient avancées sur ordre des pins, tel un sourd tapis, pour prendre entre leurs dents le dernier pan de grillage du court du fond. Premier bastion d'un nouveau monde dans lequel le tennis ne comptait plus.

16

Curieusement – cela ne lui arrivait jamais –, les paupières d'Esther s'ouvrirent alors que la grosse normande venait de sonner le treizième coup de minuit. Elle avait un sommeil de nourrisson et ne fermait les paupières dans l'ombre que pour les rouvrir au matin, lourdement car elles étaient scellées du plomb des songes, lorsqu'elles étaient tendrement chatouillées par le rayon de soleil pâle qui se glissait à travers les persiennes. La maison s'était déjà bien installée dans la nuit et Esther pouvait deviner le profond sommeil qui s'était emparé de Phil, à sa mine tranquille, à ses longs soupirs calmes et à son ventre qui alternativement soulevait puis abaissait le drap comme le vent gonfle les jupes des demoiselles à ombrelles sur les tableaux des impressionnistes.

Ses yeux ne s'étaient pas ouverts sans raison. Ils s'étaient ouverts par réaction. Un bruit s'était glissé dans son oreille, avait coulé le long de ses tympans jusqu'à sa cervelle, qui avait soulevé le rideau de ses paupières pour lui suggérer de jeter un œil à ce qui se glissait dans l'ombre de la maison. Les yeux grands ouverts, collés au plafond, elle entendit, cette fois-ci tout à fait réveillée, le bruit. Elle crut qu'un chien errant était entré dans la maison et grattait furieusement le plancher à la recherche d'un os qu'il aurait laissé là. Mais la nuit, la maison était hermétique à l'extérieur, les portes parfaitement closes protégeaient les habitants de tout bruit qui aurait souhaité se faufiler par effraction, sous une fenêtre ou à travers le conduit de cheminée.

Esther se redressa, sortit de son lit pour rentrer dans ses pantoufles, gratta sa joue sur laquelle s'était imprimé le pli de son oreiller et suivit la piste du bruit. Cela ne venait pas de la chambre. Dans le couloir, elle resta immobile quelques instants, laissant le bruit retrouver son oreille pour mieux le saisir. Elle comprit avec effroi que le vacarme provenait de la chambre de Claude. Celle qui n'avait pas d'odeur. Celle où il faisait toujours sombre, même à la lumière du jour. Elle avança en prenant bien soin de ne pas faire grincer le parquet et poussa la porte qu'on n'ouvrait jamais, pour surprendre, dans la pièce interdite, une femme qu'elle ne connaissait presque pas.

C'était une toute jeune femme rousse, parée de trop de bijoux, vêtue d'une robe de velours vert que l'ombre de la lune faisait luire comme un tapis de feuillage brillant sous la rosée. Esther, qui ne la connaissait pas, donc, la reconnut immédiatement.

C'était Claude, la sœur morte. Elle apprendrait plus tard que les ombres, d'une part, ne dorment pas sagement dans un coin du grenier, elles se promènent souvent la nuit, d'autre part, que lorsqu'elles descendent – ou remontent, on ne sait pas d'où elles viennent à vrai dire –, elles mettent parfois trop de soin à leur toilette de peur qu'on ne les reconnaisse pas et qu'on les chasse à coups de balai. Elles se couvrent de tous leurs attributs et, ainsi ensevelies sous les symboles plus ou moins cryptiques de leur existence passée, espèrent se faire reconnaître des vivants. Pour apparaître à Esther, Claude n'avait pas eu le choix. Esther ne l'avait vue que sur les deux photos qui dormaient dans la chambre de ses grands-parents, aussi Claude avait-elle revêtu à contrecœur la robe verte de la photographie de la table de chevet, élégante quoique démodée, et accroché à son cou et à ses poignets l'amas de bijoux dorés qu'elle portait sur l'une et l'autre des photographies. Elle avait le nez de Françoise, son nez de dame de pique. Mais il était si pointu que c'était sans doute un postiche, une exagération, qu'elle se serait collé dans le miroir profond du monde d'ailleurs d'où elle était sortie cette nuit-là, descendue ou remontée, de sorte qu'Esther l'identifie immédiatement. Elle était assise sur un tout petit tabouret en chêne destiné à accueillir le tout petit derrière d'un tout petit enfant et, ainsi accroupie, farfouillait bruyamment dans le tiroir d'une vieille commode à la manière d'un chercheur d'or tamisant la glaise sur les bords d'un ruisseau du Yukon. Elle ne tourna pas la tête lorsque Esther entra et continua à racler le fond du tiroir, à en exhumer des jouets, du linge, des sachets de lavande fanée, qu'elle jetait ensuite avec un certain agacement sur le sol.

— Vous cherchez quelque chose, madame ? demanda Esther aussi naturellement que l'on peut s'adresser à une ombre à la treizième heure de la nuit.

— Oh, bonsoir ! s'étonna le fantôme de Claude en sortant sa tête du tiroir pour découvrir la silhouette ensommeillée d'Esther dans l'encadrement de la porte. Oui, je cherche le masque de mon frère Richard. Son masque de plongée et son tuba, précisa-t-elle.

Le visage d'Esther s'anima. Ah ça oui, elle voyait très bien de quoi il s'agissait. C'était un masque certes un peu ancien, « il a un vécu », lui avait dit Françoise le jour où elle l'avait vue avec à la cale, mais ça restait un très bon masque. Esther en détailla la notice qu'elle avait lue maintes fois en rêvassant aux aventures du *Nautilus* et qu'elle connaissait par cœur.

— Sachez qu'il offre un champ de vision majoré et évite les phénomènes de buée. Il peut ravir autant les apnéistes que les chasseurs sous-marins – catégorie à laquelle Esther se rattachait, bien entendu, crut-elle bon de préciser. Enfin, il est extra, quoi ! conclut-elle d'un ton de petit représentant de commerce, plantant ses deux poings sur ses hanches.

Elle indiqua que c'était elle qui l'utilisait désormais, il devait être sur le radiateur en train de sécher, là-bas, dans la grande chambre au milieu du couloir.

Claude s'était tout à fait arrêtée dans sa besogne.

Oui, elle savait bien où se trouvait la grande chambre, avait-elle répliqué pour interrompre, agacée, la démonstration d'Esther.

Elle habitait ici depuis plus longtemps que cette gamine ! Elle promena la dure lumière de ses yeux bleus sur le visage d'Esther.

— Tu ressembles à Richard, toi. Je reconnais ses cheveux roux. Et la petite lueur rêveuse dans son regard, qui le caractérise, je la retrouve dans le tien.

C'était la première fois qu'Esther s'entendait décrire de la sorte, elle trouva cela plutôt juste et se promit de réutiliser ces termes la prochaine fois qu'on lui demanderait de se présenter. Elle dit à Claude qu'elle était bien Esther, la fille de Richard.

— C'est pour ça qu'on se ressemble, précisa-t-elle, parce que je suis sa fille.

Claude ne parut pas émue.

— Moi, je suis Claude, sa sœur, répondit-elle simplement avant de donner quelques éléments biographiques qu'Esther s'empressa de retenir.

Elle était *partie* bien avant sa naissance, elle ne l'avait pas connue. Mais Richard, elle l'avait connu et il lui manquait terriblement.

— Si tu savais, mon petit frère…

Ses lèvres ébauchèrent un sourire. Le plus gentil des deux frères, le plus sensible aussi, son doux Richard, son pauvre Richard. Elle était si contente de le retrouver bientôt, elle avait tellement hâte. Son sourire se tordit.

— C'est pour ça, vois-tu, je prépare ses affaires pour son arrivée !

D'un signe sec de l'index, Claude désigna une pile d'objets entassés sur le lit qui n'avait jamais été défait depuis sa disparition.

Ce n'était pas la première fois qu'Esther croisait un fantôme aux Hortensias. Une nuit, il y a des saisons de cela, avant les travaux effectués au premier, quand il n'y avait de toilettes qu'au rez-de-chaussée, elle avait descendu timidement l'escalier, posé ses pieds nus sur le carrelage froid de la salle à manger et surpris, dans l'épaisseur noire, les contours d'un drôle de bonhomme à chapeau rond qui remontait la pendule en maugréant. Lorsqu'elle avait raconté sa mésaventure à la table du petit déjeuner le lendemain, en y ajoutant quelques artifices effrayants pour impressionner ses cousines – une flamme qui sortait du chapeau, des bras-pinces qui brillaient au clair de lune, un œil de gousset qu'il aurait sorti de sa poche pour le planter dans son orbite –, sa grand-mère lui avait simplement expliqué qu'il s'agissait sans doute de l'ancien propriétaire, monsieur Gauthier, qui remontait souvent la pendule la nuit. Et que la dernière fois qu'elle l'avait croisé, il n'était pas aussi monstrueux qu'Esther le laissait entendre, qu'il n'avait pas d'œil de gousset par exemple, qu'il s'était même montré tout à fait charmant. Aussi Esther, qui n'en était pas à son premier fantôme, n'avait-elle pas peur de Claude. Pourtant, quelque chose lui disait de s'en méfier. Elle interrogea, bouche entrouverte, les objets qui constituaient le petit tas dans un coin de la pièce. Elle les connaissait tous. Il y avait le filet à papillons de la remise, le tracteur rouge qui rouillait depuis toujours dans un coin de la prairie, des boîtes à couleurs, des petits soldats. Claude répondit à la question qu'Esther ne posait pas.

— J'ai rassemblé tous ses objets favoris, il sera content de les retrouver, tu peux me croire !

Esther prit conscience que Claude pensait à un Richard qu'elle n'avait pas connu. À un petit garçon qui lui avait peut-être ressemblé, mais qui, entre-temps, était devenu un homme et son papa. Elle voulut poliment la raisonner, c'est pourquoi elle prit bien soin de commencer sa phrase par un obséquieux « madame ».

— Madame, vous savez, il a un peu changé depuis l'époque où vous l'avez connu, il ne chasse plus trop les papillons, je crois, et il ne joue plus aux petits soldats, ça j'en suis sûre. Je ne suis pas certaine que cela lui soit très utile.

— Si tu le connais si bien, siffla Claude, cinglante, les joues empourprées par la naissance d'une colère, pourquoi doutes-tu qu'il ait besoin du petit bagage que je lui prépare ? Moi je sais quel amour il a pour toutes ces choses et les souvenirs qui vont avec. Toi non, n'est-ce pas ?

Claude était détentrice d'une science qu'Esther ne possédait pas. Elle avait assisté à la préhistoire de son père, l'histoire d'avant sa naissance. C'était un avantage considérable. Esther se voulut tout de même pédagogue.

— Ce que j'essaie de vous dire, insista-t-elle, c'est que ce n'est plus un bébé. Ces objets n'ont plus d'importance pour lui, enfin peut-être qu'ils en ont mais moins que d'autres choses, les choses vivantes qu'il aime, comme ma mère, notre chien ou même moi !

Les yeux de Claude brillèrent.

— Mais là où il va, ma petite chérie, on n'emmène pas les choses vivantes, tu *devrais* le savoir. Là où il va, là d'où je viens, le soleil des vivants ne réchauffe rien du tout.

— Il va où ? s'inquiéta Esther qui ne savait plus où poser ses mains et sentait l'agitation la gagner.

— Tu le sais très bien, petite fouine !

La langue de Claude avait claqué. Claude avait senti son odeur d'animal sur le journal de Françoise.

— Tu empestes le feuillage et la transpiration chaude, si tu veux tout savoir.

Sa mère cachait si mal son journal secret, cela dit, c'était presque une provocation, elle comprenait qu'Esther se laisse tenter, après tout. Tout ça pour dire qu'elles avaient toutes les deux lu le journal de Françoise, et qu'elles savaient toutes les deux très bien ce qui se passait à Paris, même si Esther ne laissait pas sa mère le lui dire.

— La pauvre qui appelle à longueur de journée pour avoir une conversation d'adulte avec toi alors que tu n'es qu'une petite bécasse ! Tu le sais qu'il me rejoint bientôt, tu le sais trop bien, tu le sais si bien que tes yeux s'ouvrent la nuit et qu'ils te montrent des ombres auxquelles tu crois parler !

Une ride s'était dessinée entre les yeux de Claude, une ride de cruauté. C'était ça, alors. Sa tante préparait le bagage de son père pour l'autre monde.

Cette précaution affola Esther. Touchée en plein cœur, par un vieux fantôme de rien du tout, elle se révolta. Plus question d'être polie. C'était des foutaises tout ça, mamie écrivait n'importe quoi, elle s'inquiétait pour un rien, et sa mère voulait juste avoir des nouvelles. Elle, Esther, elle était en vacances ! Elle n'évitait pas de répondre à sa mère, elle n'en avait *simplement* pas le temps, ses journées étaient assez chargées comme ça ! C'était pour ça, pas pour autre chose, qu'est-ce que vous allez inventer, tous ! Quant à son père… Il allait très bien, il se reposait un peu, voilà tout. Maintenant, il fallait les laisser tranquilles. Il fallait que Claude rentre brûler sous son soleil froid, dans son pays là-bas, qu'elle arrête de leur tourner autour, qu'elle aille ranger tous ces objets où elle les avait trouvés, on n'en aurait pas besoin avant longtemps. Esther avait saisi le filet à papillons, mais ne sachant quoi en faire, elle gonfla sa poitrine.

— Je vous donnerai jamais le masque, tiens ! Éloignez-vous, allez-vous-en, espèce de chipie !

Claude ne bougeait pas. Esther reprit sa respiration, mais sa poitrine se gonflait encore, prête à expirer un nouveau sursaut d'exaspération. Elle ne parlait pas seulement à Claude, elle parlait à tout le monde, elle disait tous les mots qu'elle voulait dire, tous les jours et toutes les nuits, au monde entier.

— Ton père ne se *repose* pas, Esther, ton père est malade, répondit Claude de la voix rauque de celle qui a vécu. Malade d'une maladie qui épuise et qui tue. Et moi… Moi je sais ce qu'est la maladie. Je sais que c'est irréversible, que ça grimpe irrémédiablement, comme le lierre ou le lichen. Ça pousse sur les choses les plus précieuses. Ça a poussé sur moi et sur le bébé qu'il y avait dans mon ventre. Je suis désolée que ça ait poussé sur ton père aussi, je le suis vraiment.

Esther n'écoutait plus Claude, elle n'entendait plus rien.

— On va la lui arracher, murmura Esther, qui sentait son cœur battre dans ses mots et ne voulait pas se risquer dans de trop longues phrases.

— Peut-être bien, répondit Claude, qui avait rouvert le tiroir et laissait planer sa main au-dessus du fourbi, un drôle de sourire pendu aux lèvres. Qui sait ?

— On va la lui arracher, je vous assure, il n'y a aucun doute là-dessus, répéta Esther.

Elle ne parlait plus du tout à Claude. Elle plaidait sa cause et celle de son père au tribunal des injustices sordides. On allait la lui arracher parce qu'on avait encore besoin de lui ici. Elle chercha les exemples les mieux à même d'attendrir le jury. Elle avait besoin de lui pour lui raconter la drôle de forme de la feuille morte qu'elle avait trouvée dans l'allée lundi matin, sa couleur un peu verte et un peu rose, pour lui raconter qu'elle avait découvert sous les thuyas une souris qui allaitait toute une portée de souriceaux, qu'elle ne l'avait dit à personne, même pas à Phil, pour qu'elles aient la paix, et que c'était beau, que c'était juste beau. Toutes ces choses, c'était à son papa qu'elle les racontait, à personne d'autre. S'il n'était plus là... Elle ne termina pas sa phrase. Les vagues qui moussent, la maison rose de Saint-Pair... Elle brandissait ses petits poings comme un défi à la lune. Elle tenta de dresser la liste de toutes les raisons pour lesquelles elle aurait toujours besoin de son père, de son père vivant. Toutes les raisons pour lesquelles son père ne pouvait pas partir en voyage dans le monde de Claude, pas maintenant. Mais l'inventaire était infini, il lui aurait fallu plusieurs vies, des millions pour en venir à bout.

— Vous comprenez, ça ?

Deux grosses larmes menaçaient de rouler le long de ses joues alors qu'elle ne voulait pas se laisser pleurer. Elle voulait rester digne, comme les héroïnes de ses romans.

— Je suis bien placée pour comprendre, murmura Claude, adoucie.

La douleur sur la bouille d'Esther la lui rendait plus sympathique.

— Ça fait vingt ans que j'ai besoin de tous ceux que j'aime et que je les attends.

Elle tendit la main pour saisir l'épaule d'Esther, mais celle-ci se dégagea.

— C'est à mon tour, Esther, de profiter du cœur de ton père, à mon tour.

Esther pleurait à présent. Il y avait trop de larmes, elle n'avait pas pu les retenir et cela l'énervait. Ployant sous le chagrin, elle avait posé ses genoux au sol et noyait ses sanglots dans les draps bleus tendus sur le lit.

— Je vous en supplie…

Ses doigts s'ouvraient et se fermaient sur le vide comme pour avoir quelque prise sur le destin.

— Je vous en supplie, laissez-le-moi encore un peu, on va l'arracher, ce lierre, je vous en supplie.

Le drap était à présent complètement mouillé et Esther sentait le linge humide lui saisir le visage pour la retenir. Il l'étouffait. Comme elle continuait, tout doucement, à pleurer, elle ne vit pas Claude et les objets qu'elle avait rassemblés s'évanouir, très lentement, dans un nuage de poussière, ne laissant derrière eux que l'odeur de la pluie nocturne sur les tuiles froides.

Solange aussi se leva cette nuit-là. Elle avait la gorge sèche – tout ce sel dans les œufs à la béchamel de Françoise, ça vous faisait pousser un désert dans le gosier. Elle sortit à petits pas de sa chambre pour aller boire un peu d'eau fraîche dans la salle de bains. Quand elle en émergea, ses yeux s'étant un peu débarrassés de son sommeil, elle remarqua que la porte de Claude était entrebâillée. Cela n'arrivait jamais. Et lorsqu'elle approcha son œil de la fente, elle vit, agenouillée dans un rayon de lune, Esther qui priait, prostrée, les doigts resserrés sur un très vieux masque de plongée et son tuba.

Le quatrième jour

17

Esther avait beau frotter de toutes ses forces, elle ne parvenait pas à se débarrasser des deux taches qui étaient venues se poser sur chacun de ses yeux. Elle avait tout essayé. D'abord, elle avait fermé ses paupières. Mais c'était pire encore, les taches commençaient par vaciller comme deux petites flammes puis s'étalaient, plus larges, dans l'âtre de ses pupilles et se mettaient à danser plus vives encore. Elle s'était ensuite enfermée dans les toilettes du rez-de-chaussée, où il faisait noir si on n'allumait pas la lumière. L'obscurité complète absorberait peut-être les taches. Mais après quelques instants assise, les pieds écartés de part et d'autre de la cuvette, force était de constater que ses yeux étaient toujours tachés. Elle avait finalement essayé de les laver, comme elle se lavait parfois la bouche après avoir dit « merde ». Elle avait mis du savon sur ses mains, les avait frottées contre ses paupières et ça l'avait brûlée. Elle avait même laissé échapper un petit cri. Rien n'y faisait. Ce qu'elle avait vu de son œil gauche d'abord, puis de son œil droit, continuait de se produire et de se reproduire sur l'arrière-scène de son cerveau, pour l'éternité. Comme le sourire de la Joconde, pensa-t-elle. Un dérèglement du corps supplémentaire venu s'ajouter à la liste des évolutions qui lui causaient du souci, comme si la lutte contre la pousse des os ne suffisait pas.

Elle se plongea dans le reflet que lui renvoyait l'œil rond du miroir. Lui-même pouvait voir ce qu'elle avait vu, c'était très clair. Encadrées par deux masses de cheveux roux, séparées par un long nez, sous la ruine de ses sourcils épilés, deux taches très nettes recouvraient ses yeux, qui ne voulaient pas partir.

Elle n'avait pas fait exprès de se les tacher, ses yeux, promis, c'était pour l'un comme pour l'autre un *accident*. Elle se répétait cela comme un enfant déploierait une longue liste de circonstances atténuantes pour se défendre du sobriquet de « petit cochon » après s'être *accidentellement* renversé de la confiture sur une salopette neuve.

18

La première tache, par exemple, c'était véritablement un accident. La matinée de voile avait été fatigante. Augustin les avait forcées à monter sur des bateaux différents, Solange, Phil et elle. « En espérant que cela vous permettra de vous concentrer, pour une fois », avait soupiré son nez. Cela avait contraint Esther à faire la conversation à deux filles longues comme des macaronis et sans grand intérêt. Elle s'était d'ailleurs laissée tomber à l'eau pour tester leurs réflexes et leurs connaissances du péril. Depuis la Tempête, cela lui paraissait important de naviguer avec des équipiers de confiance. Ce fut une mauvaise expérience. Sans doute ses équipières n'étaient-elles pas assez concentrées. Elle avait grelotté jusqu'à la fin du cours et senti le froid jusqu'à la pointe de ses os, qu'elle pensa même gelés à un moment. Elle s'en félicita d'abord. La congélation momentanée de son squelette ralentirait peut-être le grand œuvre de prolongement des os. Puis elle eut peur de mourir, ou plutôt, imagina sa dépouille flotter à la surface de la mer comme un gros glaçon, quelque part entre Saint-Pair et Granville, ramassée dans un grand filet par les pêcheurs de homards de Chausey et transportée dans un camion réfrigéré jusqu'aux Hortensias. Cela lui déplut et, à contrecœur, elle chercha à remédier à la situation.

C'est pour cette raison qu'elle avait voulu prendre une douche chaude après le cours, ce qui n'était pas dans ses habitudes, elle qui détestait les vestiaires. Mais c'était un cas de force majeure. Il fallait dégivrer sa carcasse. Et c'est uniquement parce que sa cervelle engourdie ne réagissait plus qu'elle s'était trompée de porte. Elle ne s'en était pas tout de suite aperçue. La vapeur des douches, qui embuait son esprit, y était pour beaucoup. Concentrée sur sa survie et sur le fait d'espacer ses respirations pour inhaler le minimum de particules de sueur, elle avait avancé nuque baissée, à tâtons dans les effluves tièdes, et ne s'était rendu compte de rien. Ce n'est que lorsqu'elle avait relevé la tête qu'elle avait compris. Mais il était trop tard et la première tache avait déjà trouvé le chemin de son œil. Ce que cet œil avait vu, précisément, seule Esther pourrait le dire. C'était d'abord une forme, une masse de chair nue. Des épaules, robustes, que recouvrait une peau, tannée comme celle de la propriétaire du tennis-club. Une poitrine sans mamelles, un ventre musclé et plat, recouverts d'une peau, à nouveau tannée. Puis deux hanches, larges, et au milieu un tapis de poils, noirs comme l'encre, qui ressemblaient aux algues et recouvraient un sexe masculin, clair comme du lait bien que rosé par endroits, tranquillement pendouillant, aurait dit Esther, inerte si l'on cherchait le mot précis. Le tout perché sur deux jambes elles aussi robustes et recouvertes de la même peau cuite et de quelques poils noirs comme l'encre. Au sommet de l'édifice, un nez monumental et deux yeux, que ne couvaient pas leurs lunettes, interloqués. Esther s'était *accidentellement* retrouvée dans le vestiaire des hommes. Et *accidentellement*, elle y avait vu la nudité d'un homme. La nudité d'Augustin. Elle avait ouvert la bouche mais aucun son n'était sorti. Comme un automate sur des rails, elle avait fait marche arrière. Elle avait très facilement trouvé l'issue des vestiaires, même dans la buée.

Une fois dehors et toujours ensevelie sous une pellicule de pluie glacée, elle n'avait plus froid.

C'est sur le chemin du retour, après avoir pris sa douche, au bon endroit cette fois-ci, qu'elle comprit qu'elle avait attrapé quelque chose dans le vestiaire des garçons. Ce qu'elle avait vu lui collait à la rétine, restait imprimé dans sa cornée. Le corps nu d'Augustin y avait laissé son ombre tout au fond et elle ne parvenait pas à s'en défaire. Elle ne fut pas en mesure de répondre quoi que ce soit à Phil qui, dans l'allée, juste avant la maison, lui demanda si elle avait vu des quéquettes dans les douches des garçons, ce qui valut à son crâne une tape sèche assénée du plat de la main par une Solange irritée. Esther était trop occupée à reconstituer, par touches, le tableau d'Augustin, nu. Et cet éparpillement de petits points clairs et distincts venait former une tache plane, vive, qui s'étirait sur son œil gauche. Cela opacifiait sa vision et son esprit.

19

La deuxième tache aussi, c'était un accident. Il y avait toujours du pain à la maison. Françoise en remplissait le congélateur. Elle avait connu la guerre, disait-elle. Elle faisait des *provisions,* pas des courses. Sait-on jamais. Mais ce midi-là, il n'y avait pas de pain. Alors Esther avait proposé d'aller à la boulangerie. On lui avait donné de quoi acheter deux baguettes tradition et une miche bio, et comme c'était Françoise qui avait donné, il y avait un peu trop. Antoine, c'était souvent un peu moins. Il y avait juste assez pour répondre « Et un rouleau de Hubba Bubba cerise-pastèque, s'il vous plaît » quand la boulangère demanderait « Et avec ceci ? » ou « Ce sera tout ? ». Esther ruminait la réplique comme on mâche un bon morceau de Hubba Bubba, espérant détourner son esprit de la tache sous laquelle son œil était enseveli. Lorsqu'elle arriva devant la boulangerie, cette dernière était fermée. Elle était toujours fermée le mercredi. Ce n'était vraiment pas sa faute si elle avait été contrainte de se rendre ailleurs pour acheter le pain. Et ce n'était pas sa faute s'il n'y avait que deux boulangeries à Ambreville. Ce n'était donc pas sa faute si, pour la première fois de sa vie, elle s'était rendue au Blé en herbe.

Elle savait qu'on n'y mettait pas les pieds quand on s'appelait Demage. Mais elle savait aussi qu'il n'y avait pas de repas sans pain, de même qu'il n'y avait pas de fumée sans feu, lorsqu'on s'appelait Demage.

Pour bien comprendre le trajet qu'emprunta Esther ce jour-là, il faut connaître quelque peu l'histoire d'Ambreville. Tous les ans, le syndicat d'initiative organisait à l'Estival, le cinéma désaffecté, une soirée consacrée à l'histoire d'Ambreville. Françoise, le cou alourdi de perles, y traînait systématiquement ses petites-filles. Non que l'histoire d'Ambreville l'intéressât. Mais se pressait à cet événement du beau monde, le *gratin*, disait-elle avec gourmandise – Esther aussi aimait cette expression qui sentait le gruyère chaud : monsieur le maire, messieurs les présidents des clubs de voile, de golf et de tennis, Lampezzi, le promoteur immobilier, Guérin, le nouveau propriétaire de la supérette. C'était, martelait-elle, l'occasion *délicieuse* d'être vues. C'était *amusant*. Esther, que le gratin ne faisait saliver que s'il était comestible, écoutait les conférenciers comme on écoute une histoire, les doigts repliés sur ses draps. Déjà, elle aimait l'histoire de l'Estival.

Le cinéma avait été construit par l'ancien propriétaire de la supérette, pour l'usage de son fils. L'homme était fou de son fils, qui était fou de cinéma. La construction d'un cinéma rien que pour lui était une folie à la mesure de l'amour fou qu'il lui portait. Un jour, une voiture l'avait renversé, ce fils, sur une route pluvieuse. On avait dit à Esther que le crissement des pneus avait résonné jusqu'à Avranches. Le père, qui n'avait plus de fils pour en être fou, devint fou de chagrin. Il garda le cinéma et s'y rendit tous les jours, seul, pour projeter les films dont son fils était fou. Il se jeta un jour de grand soleil sous les pneus d'un camion, et on avait raconté à Esther que cela n'avait fait aucun bruit. La mairie avait ensuite racheté le cinéma pour y rassembler, annuellement, le *gratin.* Cette histoire plaisait à Esther pour sa dimension tragique. Mais elle préférait l'histoire du fondateur de la ville, monsieur d'Ambre, pour sa dimension épique. Car Ambreville était une station balnéaire que l'on avait posée au bord de la Manche et de son pré marin à la fin du XIXe siècle. La main qui l'avait posée appartenait à un certain monsieur d'Ambre, un ingénieur, génie promoteur selon les uns, dangereux prestidigitateur selon les autres. Il s'était épris de ce talus qui surplombait la mer verte et avait souhaité y accrocher son rêve de ville et la ville de ses rêves. La fortune lui avait souri un soir de février 1876 au casino de Granville au cours d'une merveilleuse partie de craps dont on parla longtemps. Un coup du sort le frapperait dans le même casino, quelques années plus tard, à la roulette cette fois-ci. Il le priverait de tous ses biens. D'Ambre finirait ses jours, démuni, mendiant quelques pièces devant ce même casino encore bien des années plus tard.

Les gains issus de l'heureuse partie de craps de février 1876 lui permirent d'acquérir quarante hectares de mielles du sol de la mare de Bouillon sur lesquels il sema les graines de sa ville. En premier, il posa, dans la fumée de la bruine, les fondations du casino, vénérable bâtisse au plumage blanc hissée en rempart de civilisation contre le flanc des vagues d'équinoxe. Puis, in extremis et par superstition plus que par piété, il se résolut à planter une église, une petite église pas intimidante, quelques mètres plus loin, à l'ombre des pins bleus. Le socle des deux cultes de la ville, celui du loisir et celui de l'Esprit, étant solidement ancré dans le sable, il poursuivit sa création. Une artère siliceuse relia le casino à l'église, le loisir à l'Esprit, la mer aux rivières et les algues aux arbres. Et de cette artère ruisselèrent, perpendiculaires, quatre allées de poussière fine au bord desquelles on fit pousser les maisons et les premiers vacanciers. Ce qui avait été un rêve d'ingénieur devint alors une ville de rêve que l'on baptisa Ambreville. Lorsque la dernière villa sortit de terre, monsieur d'Ambre poussa un grand soupir et trouva que tout cela était bon. L'allée des Soupirs, où monsieur Gauthier fit germer ses ultimes villas, fut nommée en hommage à cet épisode historique.

Toutes les maisons de cette allée portaient le nom d'une fleur. Et monsieur d'Ambre s'y promenait le nez à l'air, du temps de sa fortune, heureux de sentir l'odeur des tuiles mouillées par la rosée, singulière à chaque maison, comme un jardinier dans son jardin : Les Hortensias, la maison des Demage, tuile grasse et nerveuse, Champfleuri, celle de Camille, tuile exubérante et duveteuse, les Capucines, celle de Louane, tuile coriace et brillante. Les Mimosas et les Géraniums, qui n'avaient pas eu d'enfants, avaient moins de parfum. Au bout de cette allée, faisant le coin, il y avait la bonne boulangerie, celle où il était bon d'acheter le pain. Les Demage se déplaçaient sur cette ligne ou bien empruntaient la ligne perpendiculaire pour marcher sur la digue ou se rendre à la plage et se baigner, entre le casino et la cale. N'ayant pas besoin de s'aventurer hors de ce sentier balisé depuis plusieurs générations, ils ne connaissaient pas vraiment le reste d'Ambreville. C'est ce que l'on avait répété à Esther depuis toujours. Pas besoin de se fatiguer dans les autres allées. Elle avait trouvé cela tout à fait bon de ne longer que les distances utiles et n'avait jamais vraiment songé à se balader ailleurs, ni surtout aux raisons pour lesquelles elle ne devrait pas se balader ailleurs. Aux alentours du Blé en herbe, par exemple.

Au coin de l'allée, au lieu de rebrousser chemin, Esther contourna donc la bonne boulangerie pour entrer dans l'allée que l'on n'empruntait pas. Elle était, en apparence, tout à fait semblable à l'allée des Soupirs, ce qui conforta Esther dans l'idée qu'il n'y avait aucun intérêt à s'y promener. Une fois le pain acheté, elle n'y retournerait sans doute jamais. Elle avait davantage le sentiment d'effectuer un détour que de braver un interdit. Les maisons n'avaient pas la même allure, ni la même odeur, le fondateur d'Ambre avait dû trouver son plaisir de jardinier dans le fait de s'y promener également. Mais Esther, n'ayant pas planté ces maisons, n'y voyait rien d'autre qu'un trajet rallongé par rapport à celui bien commode de l'allée au casino. Sur le chemin, elle remarqua de son œil valide des arbres qu'elle n'avait pas vus ailleurs, notamment des arbres aux bras couverts de petites feuilles de bronze crénelées dont elle apprendrait plus tard qu'il s'agissait de trembles et qui deviendraient un jour son arbre préféré. Elle ramassa une feuille dont l'arbre n'avait plus besoin – elle n'arrachait jamais les feuilles directement aux branches, Solange lui avait dit une fois que cela blessait les arbres, et que les enfants qui commettaient ce forfait étaient de petits meurtriers – et la mit dans sa poche, précieux butin qu'elle s'empresserait, une fois rentrée, de consigner dans sa boîte à trésors. Ses pas la menèrent devant le Blé en herbe. Elle éprouva pour la première fois depuis le début de son voyage un inquiétant sentiment d'étrangeté, réalisant qu'il existait tout un monde, à une rue de sa maison, dont elle n'avait pas conscience, qui mangeait un autre pain et fréquentait d'autres lieux. Qui étaient donc ces gens qui mangeaient un pain différent du sien ? Quel goût avait ce pain ? Elle avait l'impression d'être Ulysse débarquant au gré du vent sur une presqu'île presque humaine où vivaient des cyclopes, un peu semblables à elle, et pourtant très différents. Cela lui plut et lui fit oublier quelques instants que son œil gauche était taché.

Sur la vitre propre, on avait tracé en vert les lettres qui énonçaient le nom de la boulangerie, le Blé en herbe. Esther ne connaissait pas le nom des pains qu'on y vendait. Elle ignorait si elle y trouverait une miche bio et un rouleau de Hubba Bubba cerise-pastèque et s'apprêta à se conformer aux usages de cette boulangerie qui lui étaient inconnus, comme tout bon voyageur ouvre grand la main quand un autochtone lui tend un fruit doré du jardin d'un pays nouveau. Il était relativement tard, midi avait sonné à la grosse normande avant son départ et une seule personne attendait d'être servie devant elle. Esther jeta un coup d'œil droit à la vitrine, pour voir ce qu'on mangeait dans cette contrée. Elle reconnut des pains suisses, mais l'étiquette disait *pépitos*. Et des chouquettes, mais l'étiquette disait *niflettes*. Il n'y avait pas de miches bio, mais des grandes ou petites *meules*. Les mœurs étaient semblables, c'était tout simplement une autre langue. Elle n'aurait aucun mal à s'intégrer. Pas de quoi en faire toute une histoire, étonnant d'avoir boudé ce lieu certes dépaysant mais tout à fait convenable au prix d'un quignon mal décongelé le mercredi en lieu et place de pain frais.

— À nous, mademoiselle, qu'est-ce qu'il nous faut ?

Le client précédent venait de fermer la porte de la boutique. La boulangère, âgée, coiffée d'un élégant chignon blanc farine, esquissait un sourire qui laissait voir de très belles et très saines dents.

— Eh bien… commença Esther, hésitante sur les noms à employer.

— Chaud, chaud, chaud, les pains au chocolat, attention c'est chaud !

Un homme sortit de l'arrière-boutique, une grille en fer entre les mains sur laquelle dormaient des pains au chocolat dont l'odeur remplissait les narines d'Esther, lui donnant aussitôt envie d'y consacrer toute la somme confiée par sa grand-mère. Il posa l'appétissante grille sur le plan de travail en formica. Absorbée un court moment par le parfum du sucre tiède et l'idée de ses dents se plantant d'abord dans l'écorce croustillante puis dans la chair tendre des viennoiseries, Esther ne leva pas tout de suite les yeux vers l'homme. Ce n'est qu'après, une fois que le fumet onctueux se fut dissipé pour lui permettre de reprendre sa commande, qu'elle les posa sur le boulanger. Quelque chose dans son ventre se retourna violemment. Son intestin, peut-être.

C'était son père. Elle pensa d'abord que la tache de son œil gauche troublait sa vue et la poussait à voir son père où il n'était pas. Elle regarda plus attentivement. C'était très exactement lui, trait pour trait. Plus précisément c'était une *version* de son père. Une version avec des cheveux très noirs, ondulés et remontant aux extrémités comme la fin d'un rouleau de réglisse. Car s'il y avait bien une chose qui caractérisait son père, qui le rendait singulier, c'était le roux de ses cheveux. Enfin, c'est de cette couleur vive, celle d'un champ de mimosas brûlé, qu'ils avaient d'abord poussé sur son crâne. Ils avaient ensuite bruni pour virer à l'auburn, celui du couchant de septembre quand luisent tout au fond de l'horizon des mers de grands fuseaux violets. Ils avaient ensuite pâli légèrement sur les côtés, ce qui donnait aux courts poils qui moutonnaient sur ses tempes l'allure vénérable des neiges éternelles. Et plus récemment, en septembre dernier, ils avaient quitté son crâne. Tous. Les roux, les auburn, les blancs. D'un coup, comme s'ils s'étaient donné le mot, ils avaient tous foutu le camp, les pleutres. Avec son crâne chauve, il ressemblait désormais à ces dunes à rares poils d'herbe que l'on trouve devant la digue, rongées par le sel comme la maladie lui rongeait sa chair, à lui.

L'homme qu'elle avait en face d'elle avait donc les traits de son père, peut-être même de celui de Phil et Solange. Les deux frères se ressemblaient beaucoup. Ce n'était pas son père car son père n'avait plus de cheveux, mais c'était un homme *de la race* de son père et de celui de Phil et Solange. C'est ainsi qu'elle le décrirait, essoufflée, de retour de son voyage dans l'allée inconnue, à ses cousines. Elle s'attendait à tout, aux arbres nouveaux, aux créatures inconnues, elle avait même anticipé le fait que les viennoiseries là-bas n'auraient pas le même nom que chez elle. Mais elle ne s'attendait pas à rencontrer un autre homme *de la race de son père*, habillé en boulanger, coiffé de noir, portant une grille de pains au chocolat. Elle resta interdite. Il avait même la petite bosse qui sépare le creux de la naissance du nez de la bosse de ses confins. C'était une bosse que l'on retrouvait dans toutes les géographies Demage, de la plus ancienne à la plus récente.

— Qu'est-ce qu'il nous faut alors, mademoiselle ? s'impatienta la boulangère, tenant en l'air sa pince et l'actionnant comme pour dire « allez, allez ».

De nouveaux clients étaient entrés.

Esther posa les yeux sur elle et leurs regards se croisèrent. Ou plutôt, la boulangère plongea ses yeux dans ceux d'Esther. Ce n'était pas le regard neutre d'une commerçante attendant qu'on lui indique quoi saisir de sa pince pour le déposer dans un sachet en papier et encaisser le prix de la marchandise. Esther crut voir autre chose dans ce regard, quelque chose de concerné, mais elle n'en était pas certaine. Après tout, sa vision était déjà troublée par la première tache et elle ne comprenait pas pourquoi cette dame la scrutait ainsi.

— Ah ben ça alors, mais c'est bien ça ! Une petite Demage ! Rousse comme ça, ça ne peut pas être autre chose. On n'en a pas vu dans la boutique depuis des siècles, des Demage, pas vrai, Pascal ?

L'homme avait attaché ses yeux à Esther et la dévisageait avec une drôle d'expression.

— Ça non, répondit-il sèchement, on pensait qu'ils étaient tous morts. Comme on n'en voyait plus.

La boulangère, qui devait être sa mère, lui lança un regard sévère.

— Ne dis pas de bêtises et ne parle pas de mort, ça n'est souhaitable à personne. Bon, eh bien, ma petite... ?

— Esther.

— Ma petite Esther, c'est un bonheur de te rencontrer, vraiment, dit-elle sans un sourire. Tu passeras bien le bonjour à ta grand-mère et à ton grand-père, hein ? Fais ça pour moi, tu seras gentille. Et maintenant presse-toi un peu, qu'est-ce qu'ils mangent aujourd'hui les Demage, dis-moi tout ?

L'homme qui s'appelait Pascal était retourné au fournil. Il lança un dernier regard à Esther comme on lance un défi.

— Deux baguettes, madame, et une petite meule. S'il vous plaît.

— *Deux baguettes et une petite meule, s'il vous plaît*, c'est bien. Et avec ceci ?

Esther hésita.

— Un rouleau de Hubba Bubba cerise-pastèque, s'il vous plaît.

— Ah tiens.

— Oui, c'est pour ma grand-mère, inventa Esther qui sentit ses oreilles rougir. Elle adore ce parfum en particulier, et elle trouve le Hubba Bubba pratique à transporter dans son sac à main marron, son sac à main préféré, celui qu'elle a gagné à la kermesse de la paroisse de Bouillon il y a quatre ans et demi.

Esther pouvait, en état de panique, se perdre dans un labyrinthe de détails lorsqu'elle mentait. Souvent, un détail savamment choisi apportait un effet de réel à sa fable. Un petit plus qui le rendait crédible. Mais quand elle se sentait acculée, elle rassemblait des brouettes de détails, maquillant la vérité comme on maquillerait une voiture volée. Il n'y avait jamais eu de kermesse de la paroisse de Bouillon, y gagner quoi que ce soit, en particulier un sac, était impossible, le sac de Françoise, qu'elle tenait greffé à son vieux bras, était en peau de crocodile, qui se confondait parfois avec sa peau ridée. Et elle l'avait payé, très cher, à Paris.

— Oui, je comprends, et avec son dentier en plus, c'est agréable le chewing-gum, ajouta la boulangère comme un dernier zeste de citron dans une boisson déjà très acide.

Avec sa pince, elle prit dans la vitrine le plus charnu des babas au rhum, parfaitement bombé, qu'elle glissa dans un sachet à part.

— Ça, c'est pour ton grand-père, il en raffole, dit-elle en désignant l'étalage de babas au rhum.

C'était la vérité, son grand-père raffolait des babas au rhum.

— Tu lui donneras de ma part, en souvenir…

La boulangère ne termina pas sa phrase.

Esther prit les sachets qu'elle lui tendait, répondit « au revoir » quand elle lui lança « à bientôt » et entama le chemin du retour. Elle sentit que le baba en cadeau, même s'il n'était pas empoisonné, ne ferait pas plaisir à ses grands-parents. Aussi décida-t-elle d'éliminer les traces de son passage au Blé en herbe. Elle laissa le gâteau, sorti du sachet, dans le coin le plus feuillu de la prairie, offert aux araignées, aux hérissons et aux renards.

Elle marchait d'un pas pressé car le déjeuner avait pris du retard et elle savait que son grand-père grognait déjà dans son fauteuil. Les contours de l'allée, des villas, des pins, se brouillaient. L'image de cet homme qui n'était pas son père mais ressemblait à tous les hommes de sa famille venait transpercer les feuillages où elle fourrait obstinément son regard, submerger le ciel vers lequel elle levait son nez pour laver ses yeux dans le bleu très dur de cette fin de matinée ensoleillée. Elle essayait de le distancer, mais chacun de ses pas imprimait un peu plus l'image dans sa rétine. Il se dressait devant son esprit, droit, sévère, les mains crispées sur sa grille, avançant un peu plus vers elle à chaque fois qu'elle faisait un mouvement de côté. Qui était cet homme ? Pourquoi ne fallait-il pas acheter son pain au Blé en herbe ? Comment la boulangère avait-elle connaissance du goût immodéré de son grand-père pour les babas si les Demage ne se fournissaient pas en pain et encore moins en babas au Blé en herbe ? Esther retournait ces pensées avec autant de force qu'elle retournait le sable de la plage, jadis, quand elle creusait d'ambitieuses galeries qui s'étendaient vers la mer et tout au long de l'après-midi. Oui, pourquoi ne fallait-il pas aller au Blé en herbe et surtout, surtout, pourquoi n'avait-elle jamais eu envie, malgré tout, d'y aller, pour voir de ses yeux ce qu'on lui dissimulait depuis toujours ?

C'est ainsi que, par *accident*, la deuxième tache était apparue sur son deuxième œil.

20

Heureusement pour elle, comme il faisait si beau, on avait déjeuné dehors. Cela lui avait permis de masquer son regard taché sous les verres opaques de ses lunettes de soleil. Si elle avait dû plonger ses yeux dans ceux de l'un des habitants de la maison, elle n'aurait pu cacher ce qu'elle avait découvert. Les deux taches lui recouvraient désormais les yeux comme une nappe liquide, dans laquelle elle avait l'impression de se noyer. Dans le lait de son œil, comme en gestation, se formait peu à peu le contour embryonnaire de grandes questions qu'elle ne s'était jamais posées, qui finiraient par déborder pour submerger tout son corps, coulant dans ses veines et ses artères, donnant naissance à un raz-de-marée qui emporterait avec lui tous les fondements de son être. Elle espérait que ce choc ne déclencherait pas un nouvel assaut de ses os, ils étaient prêts à tout, ces fripouilles.

Son pauvre œil n'avait été que l'instrument de son étourderie. Elle avait, sans le vouloir, par accident, poussé des portes interdites. Elle était sortie par ses yeux de l'allée et des limites du monde dont on lui avait indiqué les contours, qui lui avait longtemps suffi, pour aller se promener, ignorante qu'elle était, dans un univers qu'elle ne connaissait pas. Celui des corps nus, celui de l'allée parallèle. Elle se savait punie car l'ombre du monde interdit avait laissé, dans chacun de ses yeux, sa marque, sa tache, une vague allusion à de grands mystères qu'elle n'osait à présent imaginer.

Les taches ne l'avaient pas quittée de l'après-midi. Elle les sentait près d'elle comme on sent tout contre notre nuque le regard et le souffle humide de quelqu'un qui va nous parler. Elles imbibaient sa pensée d'une encre qui avait la magie de ne pas s'effacer, une encre de la même teneur que l'affreux sang qui avait imbibé la clef de Barbe-Bleue. Alors elle avait voulu s'en débarrasser, elle avait frotté, mais rien n'y faisait. L'après-midi passait, elle s'efforçait de ne regarder ni Solange ni Phil et elle attendait avec impatience la clarté de la nuit, dans laquelle elle pourrait à nouveau ouvrir grand les yeux, projeter les taches sur le plafond. Et les interroger, dans le secret de son lit.

21

Sur la terrasse du Roseau Penchant, il pouvait y avoir plus ou moins de sièges autour d'une même table, que l'on rapprochait parfois pour les faire se toucher dans un cercle élargi. Les têtes défilaient avec les saisons, blondissaient en été, brunissaient en hiver, embellissaient parfois, s'empâtaient ou prenaient de la patine selon, vieillissaient, toujours. Mais l'agencement restait le même. C'était toujours le même genre de personnes, assises côte à côte autour d'une même table. Table par table, échantillon par échantillon, on pouvait aisément reconstituer un tableau de la société ambrevillaise. Il y avait par exemple la table des gamins historiques, ceux dont les parents avaient eux-mêmes dans leur jeunesse occupé les chaises sur lesquelles ils sirotaient ce soir leurs boissons sucrées. Ceux qui avaient parlé avec les mouettes avant de parler avec leurs mères et qui avaient appris d'où venait le vent avant de savoir marcher. Ceux que leurs familles, donc, faisaient se rencontrer au tennis ou à la cale, et encourageaient à se fréquenter autour d'une limonade au Roseau Penchant. L'aristocratie de la digue. On les reconnaissait à leurs gueules de dunes et à leurs cheveux poudrés de sel qui leur donnaient l'allure de petits marquis des algues et des euphorbes. Ce soir, ils étaient huit sur la terrasse, trois garçons et cinq filles, dont trois rouquines. Il était difficile de déterminer l'âge de cette population qui commandait d'un air déterminé des cocktails et à qui on apportait avec condescendance des menthes à l'eau. L'une des trois rouquines portait encore des lunettes de soleil alors qu'il commençait à faire sombre. Curieux. Cette famille avait la réputation d'être *fantasque*. Il y avait avec elles un très beau garçon qui retint l'attention d'Enzo, le serveur. Il aimait la beauté et le cruel hasard qui fécondait, parmi toutes les huîtres, celle qui en porterait la perle. Les tablées historiques étaient généralement calmes. Les sujets de conversation, déjà abordés par les générations précédentes, étaient érodés comme les rochers par les vagues. Ils n'avaient pratiquement pas besoin de se parler, tout avait déjà été dit.

Deux doigts tendus vers le ciel puis repliés vers la terre, à quelques tables de là, proposèrent une fusion. Autour de pintes de bière étaient attablés une demi-douzaine de jeunes hommes, cette fois-ci, le visage tanné et la peau cuite, dont les bras dessinaient en bombant le vide des voiles et des coques. Une réunion des gamins historiques et du club de voile. Pourquoi pas, ce n'était pas incongru. Cela avait du sens l'été, en tout cas, quand les deux mondes se retrouvaient sur l'eau. Ensuite, les uns rentraient à Paris dans leur ville de pierre et les autres à Granville, Cancale ou Avranches, dans leurs villes de mer. Le brassage n'était possible qu'à la belle saison, avant l'équinoxe. Les gamins historiques firent racler leurs chaises au sol, les empoignèrent et rejoignirent le club de voile. « Cela fera plus de consos », se dit Enzo le serveur, satisfait, en rentrant dans le bar d'un pas décidé.

À quelques tablées de là, un homme, seul, observait lui aussi. Il ramena ses cheveux en arrière d'une main tout en avalant une gorgée de diabolo-grenadine. Pas d'alcool, pour garder les idées claires. Il était tout en extension, chevelure interminable domestiquée en catogan qu'il déployait comme le brouillard quand on perçait son jeu, long nez aquilin pour flairer les grandes affaires, cils interminables pour avancer masqué, oreilles infinies qui traînaient presque au sol pour récolter les miettes de conversation dont il faisait commerce. Qui était malade, qui était mourant, qui habitait où, notamment les villas historiques et était malade ou mourant, qui connaissait quelqu'un qui habitait les villas historiques et était malade ou mourant. Monsieur Lampezzi notait tout dans un petit carnet orange, parfois en souriant, souvent en retroussant les babines pour découvrir de toutes petites dents jaunes et mollement plantées dans des gencives pourpres. Il était arrivé à Ambreville un jour d'orage. On ne lui connaissait ni père, ni mère, ni femme, ni enfant. Il avait repris le projet du fondateur où ce dernier l'avait laissé. Sauf que Lampezzi, lui, ne rêvait pas d'un havre de villégiature où l'on circulerait du casino à l'église pour se rendre à la plage. Il furetait, rachetait les maisons que la vie avait quittées, les rasait gaiement et édifiait sur leurs terrains des centaines de bungalows dans lesquels il installait des familles. Les plus mauvaises langues racontaient qu'il dormait sur un matelas de pièces d'or. Ce que diraient les rouquines à la grande table l'intéressait particulièrement. Ce qu'elles diraient de leurs grands-parents, par exemple. Sortaient-ils encore de leur chambre, prenaient-ils toujours la voiture, marchaient-ils toujours à deux pattes ou bien maintenant à trois, avec leur canne ? Le terrain des Demage était grand, on pourrait y construire au moins cinquante bungalows. Lampezzi était satisfait de voir qu'elles avaient poussé, signe que leurs aïeuls, parallèlement, s'étaient tassés. Il but une nouvelle gorgée de diabolo et fit mine de reconnaître un passant pour s'approcher de la table où babillaient les gamins historiques et les gars du club de voile. C'était l'avenir d'Ambreville, et il voulait le voir de plus près, l'avenir.

Encore quelques tablées plus loin, tout au coin de la terrasse, était assis un petit vieillard cahotant, replié dans l'espace comme sur lui-même. Il venait ici tous les soirs depuis la mort de sa femme, trois ans plus tôt. Été comme hiver. Il demandait toujours un Tonimalt. Il ne disait rien, il ne pensait rien, il se trouvait simplement bien, là, entre les éclats de rire des petits jeunes du club de voile et parfois, quand il avait de la chance, entre les murmures de deux amoureux ou les gazouillis d'un tout jeune enfant. Le garçon de café, comme il l'appelait, était gentil. Il connaissait son nom, lui touchait son vieux bras ou son vieux dos quand il prenait sa commande et apportait systématiquement une écuelle d'eau pour son terrier. Le vieillard ne parlait plus aux hommes, à dire vrai. Il ne s'adressait plus qu'aux animaux, avec les muscles du visage. Il plongeait ses yeux pâles, presque jaunes, dans les yeux marron de sa chienne, « Qu'est-ce qu'on va faire de nous, ma vieille Bonnie ? » lui disait son sourcil levé. « Je t'aime », répondait l'oreille baissée de la chienne. « Qui se soucie de nous désormais, ma pauvre vieille ? » insistaient ses yeux écarquillés. « Je t'aime », répondait toujours l'autre oreille que Bonnie abaissait à son tour. « Moi aussi, je t'aime, vieille branche », concédait alors tranquillement la main qui lui grattait l'arrière-train.

22

Esther n'avait pas envie de rejoindre la table des garçons du club de voile, mais elle n'avait pas tellement le choix. Elle posa son siège le plus loin possible de celui d'Augustin, rajusta ses lunettes de soleil, qu'elle n'avait pas quittées depuis le déjeuner, personne ne devait voir ses taches, et prit place en bout de table. Le Petit colla son siège au sien, empêchant Phil de s'asseoir à côté d'elle. Camille et Louane mirent autant de distance qu'elles le pouvaient avec leur groupe initial pour se rapprocher du cercle convoité des garçons plus âgés. Le Bleu suivit le mouvement. Par hasard, il manquait une chaise. Alors, par hasard, Solange s'assit sur les genoux d'Aimé, tout le temps qu'il fallut à Enzo pour apporter un fauteuil supplémentaire de l'intérieur du bar. Ces quelques minutes, qui parurent beaucoup trop longues à Enzo – bon sang qu'ils étaient lourds, ces fauteuils en bois massif, et qu'il était pénible de devoir se presser –, parurent infiniment trop courtes à Solange.

Pour faire venir le cercle des Demage et des Binet, celui du club de voile avait interrompu une vive conversation sur les nœuds marins, qui reprenait à présent que tous étaient réunis autour de la table, au grand dam d'Esther et de Phil qui échangèrent un regard de détresse. « C'est lequel le nœud pour se pendre ? » avait chuchoté Esther, ce qui avait secoué la gorge de Phil qui en avait recraché un peu de son jus d'ananas. Chacun devait dire son nœud préféré et le réaliser avec un morceau de bout qu'on se passait comme un bâton de parole. Nœud de chaise, nœud de cabestan, nœud franciscain, nœud d'arrêt, nœud de huit, nœud de capucin, tête d'alouette, nœud de laguis, nœud de bois d'icicle… Les garçons du club de voile en avaient plein la bouche et expliquaient, bout en main, chaque étape de réalisation comme on récite un poème. On s'étendit sur le nœud de Zeppelin, un nœud *digne de confiance*, jadis utilisé pour amarrer les dirigeables, souligna Julien, et facile à défaire, même mouillé, un nœud *loyal.* C'était le nœud préféré d'Augustin, qui le réalisa sans regarder ses doigts. On l'applaudit. Le Petit, en particulier, battait des mains, bouche béante, à chaque nœud réalisé avec maestria. Pas de quoi en faire un fromage, songea Esther, qui aurait subitement aimé savoir réaliser un nœud très rare et très savant. *Savoir réaliser un nœud avec panache ne lui enlèvera pas son gros nez de lamantin beuglant à l'autre, là.* L'autre, c'était Augustin. Aimé et Solange ne participaient pas au concours de nœuds. Ils se parlaient, tout près, tout bas ; par moments, Solange lançait la tête en arrière pour rire aux éclats. Esther ressentait un pénible pincement au cœur en observant ce drôle de numéro. Phil devait éprouver la même sensation. Cela faisait des siècles – c'est ainsi qu'elle le formula dans son esprit, en réalité, cela faisait un été tout au plus – qu'elle n'avait pas vu Solange s'animer d'un entrain aussi sincère. Plus exactement, cela faisait des siècles qu'elle n'avait plus réussi à déclencher cette joie simple et pure chez sa grande cousine, ce qui les désolait, elle et Phil. Le maximum d'émotion que Solange leur avait témoigné depuis le début des vacances se logeait la plupart du temps dans la froideur d'un sourire. Le Petit lui avait proposé d'échanger leurs boissons à la moitié du verre et la voilà qui se retrouvait avec un jus de pamplemousse.

Après tout, le goût du pamplemousse se mariait parfaitement avec son amertume.

— Alors Esther, il paraît que le trapèze ne te réussit pas trop ? lança l'un des types du club de voile, qui portait de longues dreadlocks blondes.

Les verres fumés d'Esther croisèrent les verres réfléchissants Nautisport d'Augustin. Il avait fait de sa mésaventure de la Tempête un récit que l'on raconte pour faire rire les autres. Cela lui déplut.

— C'est surtout qu'on n'aurait jamais dû naviguer en pleine tempête, se défendit Esther. Tout ça ne serait jamais arrivé dans des conditions normales, et puis c'est un peu votre travail de savoir dire quand on doit rester à terre.

— Peut-être que si vous écoutiez un peu les consignes, aussi ! s'indigna le nez d'Augustin. Enseigner à ces trois-là, c'est comme enseigner à une bande de marsouins amnésiques, elles se déplacent en groupe, elles font très exactement le contraire de ce que t'as dit et elles gloussent sans arrêt.

Aimé et ses amis s'esclaffèrent. La comparaison les amusait. Aimé émit de petits sons supposés évoquer un marsouin tout contre l'oreille de Solange. Enzo, qui ramassait les verres vides, jugea que ça n'avait rien à voir avec le son du marsouin ; Solange, elle, le jugea charmant. Bonnie, la vieille chienne, se redressa, prête à sonner la charge contre le marsouin comme on attaque des moulins à vent.

— Peut-être que tu devrais les ligoter avec un nœud de Zeppelin pour qu'elles t'écoutent ? suggéra Julien.

— C'est pas top comme blague, frérot, l'arrêta Augustin tandis que la table partait d'un grand rire.

— Oui, pardon. Je sais que ta maman t'a dit de ne plus ligoter les stagiaires !

— Ma mère est morte, répondit simplement Augustin.

Les rires qui fusaient déjà furent ravalés. Brutalement. Julien demanda pardon. On ramassa le bout délaissé pour le tendre à une nouvelle personne dans l'espoir de renouer avec une conversation moins glissante. Mais la mince amarre qui reliait les membres du groupe avait été tranchée par la lame des quatre mots d'Augustin. À la place, un nœud avait enserré les gorges – quel nœud, exactement ? se demanda Esther –, un nœud épais qui empêchait les langues de se délier. Un nœud *digne de confiance*, en tout cas, se dit-elle. Le silence qui avait gagné la tablée gronda et emplit les verres d'une fine pluie de gêne. Les regards, débusqués par le malaise de la vie et de la mort, furent contraints de se réfugier dans des détails inertes, une paire de lacets, une paille mâchouillée, un vieux chien qui haletait, un coin de table mal essuyé. Celui d'Esther, derrière ses verres fumés, fut aimanté par la lumière qui brillait derrière les verres réfléchissants des lunettes d'Augustin.

C'était donc ça, les lunettes. Les lunettes toujours vissées à son crâne, par tous les temps, à toutes les heures, même la nuit. À rebours de ce qui avait envahi la tablée, un mélange de gêne et de pitié, Esther ressentit, pour la première fois depuis longtemps, la chaleur de ce qui ressemblait à un lointain soulagement. Comme la main d'un ami dans son dos.

C'est ce soir-là, à cette minute précise, que le nez d'Augustin disparut de l'esprit d'Esther. Pour toujours. Désormais, elle ne verrait plus que ses yeux. Ses yeux qu'il masquait parce qu'ils étaient, eux aussi, tachés.

23

— Rayon vert ! Rayon vert ! Rayon vert !

Le vent avait porté la voix craquelée d'un baigneur enthousiaste depuis les dunes de la digue jusqu'à la terrasse du Roseau Penchant.

— Vite, vite ! le rayon vert !

Au loin, deux bras se croisaient et se décroisaient dans le firmament comme l'appel d'un sémaphore tourné vers l'espoir d'une vie plus douce. Ces deux bras appartenaient à un baigneur hirsute, ruisselant de gouttelettes qui semblaient en cet instant des rivières de diamant : il venait porter la bonne nouvelle à ceux qui étaient restés sur la terre ferme. D'un seul mouvement, avec fracas, les occupants de la terrasse s'engouffrèrent dans le mince sentier de sable qui menait au littoral, se dirigeant au son des imprécations du baigneur. Dans la cohue, Enzo avait fait tomber les boissons de son plateau, Lampezzi avait perdu son carnet orange, Esther et Augustin avaient retiré leurs lunettes. Un seul petit effort, un regard, et le peloton du Roseau, s'il arrivait sur la plage avant la fin du phénomène, serait pour toujours immortel. Solange et Aimé, qui ne voulaient déjà plus se quitter, se tenaient par la main pour entrer ensemble dans cette grande aventure. Sur la terrasse du bar ne restaient plus, dans un petit coin au milieu des cendriers fumants et des cocktails entamés, que le vieillard et son chien. À d'autres, l'immortalité, il est à tout le monde le soleil, avaient dit ses sourcils à ceux de sa chienne, qui était d'accord.

Lorsque le groupe parvint, échevelé, au sommet de la digue, il était trop tard. On distinguait bien une nappe verte, au loin, dans le couchant. Mais l'éclat magique avait déjà été englouti dans une écœurante mare rosâtre. Dans le miroir d'eau gesticulait frénétiquement le baigneur qui avait vu de ses yeux la merveille se produire.

— Je suis immortel ! s'écria-t-il.

— Foutaises de bondieuseries ! lui lança Lampezzi, jaloux, c'est de la superstition.

Mais rien ne pouvait interrompre les bonds du baigneur hilare. On raconte même qu'il danse encore aujourd'hui. Dépitée, la terrasse du Roseau Penchant regagna, en cohorte, ses pénates.

— Bon, ce sera pas pour cette fois, tant pis pour nous… Mais on a tout le temps pour l'attraper, ce coquin de rayon vert, non ? Et si on en profitait pour aller faire un tour, voir un peu ailleurs, ça vous dit ? proposa Aimé.

— Oh oui, renchérit Camille, si on allait au Coup de dés faire un tour d'autos tamponneuses ?

Les garçons du club de voile restèrent à leur table, mais, sous l'approbation générale, le reste de la troupe prit son envol pour la fête foraine, sous l'œil amusé du vieillard.

24

Esther passait lentement sa langue sur son palais. Elle avait la bouche pleine de sucre. Elle aimait cette sensation. Laisser fondre les bonbons ou le fin glaçage d'un biscuit au chaud sur le plancher de sa bouche. Elle se servait ensuite de sa langue comme d'un pinceau fin pour tapisser l'ensemble des parois muqueuses de l'onctueuse matière. Elle construisait en silence, pour elle, dans cette cave merveilleuse, un palais de douceur avec, comme dans sa comptine préférée, des murailles de pralines qui étaient ses dents, des lits de biscuits qui étaient sa langue et des rideaux d'anis qui étaient ses lèvres. Quand elle mangeait une sucrerie, elle se retirait dans ses appartements de velours mielleux et, dans ces moments, évitait d'avaler sa précieuse salive ou de parler, ce qui aurait rompu le charme et détruit le rêve qu'elle faisait naître dans sa bouche et remonter dans son esprit. Elle se contentait de savourer. Et souvent, du silence des douves sirupeuses qui coulaient en elle, un sourire errant s'échappait pour se poser sur ses lèvres. Ingérer du sucre, c'était le remède le plus efficace qu'elle avait trouvé contre l'amertume d'une défaite au Monopoly ou l'acidité d'une remarque maligne de Solange.

C'est pourquoi elle avait eu besoin, ce soir-là, après les émotions de la journée, de beaucoup de recueillement et donc de beaucoup de sucre. Une fois arrivés au Coup de dés, on s'était approvisionnés en chiques. Solange et Aimé en avaient partagé une au Coca, Phil en avait pris une à la praline, Camille et Louane n'avaient rien pris. Françoise aurait dit qu'elles *se surveillaient.* Le cornet de chichis qu'elles avaient obtenu gratuitement de la part du vendeur qui avait un faible pour Camille ne comptait pas, c'était comme un bouquet de fleurs. Ça ne se mangeait pas. Esther avait voulu une chique à la menthe, le Petit l'avait imitée. Elle avait également voulu une barbe à papa, elles étaient si appétissantes, pâles et charnues, comment résister. Le Petit l'avait imitée. C'est lui qui avait tout payé, grand prince, en sortant très solennellement la monnaie de sa poche comme s'il avait lui-même très solennellement gagné cet argent en exerçant un métier très solennel. Ils avaient stagné un moment devant les stands de sucreries puis s'étaient mis d'accord pour aller faire un tour d'autos tamponneuses.

Sur le chemin qui séparait le Roseau Penchant du Coup de dés, Solange avait envoyé Aimé parler avec ses deux copains, indiqué à Phil de rejoindre

Camille et Louane qui gloussaient devant et ralenti le pas pour se retrouver seule avec Esther. Elle voulait lui parler de ce que sa cousine avait vu ce midi au Blé en herbe. De cet homme qui ressemblait aux hommes de leurs familles. Elle lui dit qu'elle aussi, une fois, était allée voir de ses propres yeux cette boulangerie dans laquelle on n'allait pas. Qu'elle y avait rencontré les mêmes personnes et qu'elle en était arrivée aux mêmes conclusions. Esther l'interrompit. Elle n'était arrivée à aucune conclusion. Solange lui demanda ce qu'elle comprenait de ce qu'elle avait vu. Esther lui expliqua en détail, pensant être très claire, qu'elle avait vu là-bas, derrière la vitrine, cette troublante ressemblance entre un homme et leurs pères, qu'il y avait cette vieille qui savait que leur grand-père adorait les babas. Que cela l'avait gênée, handicapée même – elle lui montra ses yeux tachés, Solange ne vit rien –, mais qu'elle ne savait pas quoi en faire ni en penser, que tout cela était très mystérieux. En somme, elle avait l'impression d'avoir entrevu quelque chose à travers une porte condamnée qu'elle aurait forcée, mais elle ne savait pas vraiment quoi. Elle avait l'intuition que comme tout ce que l'on cache, ce n'était pas *joli-joli*. Solange lança sa tête en arrière dans un grand rire, comme elle avait ri avec Aimé, qui se retourna d'ailleurs, jaloux sans doute que le rire échappé de la bouche de Solange glisse dans d'autres oreilles. Esther se vexa. Ce n'était pas drôle. Solange la prit par l'épaule et lui dit qu'elle était vraiment trop adorable, si candide, qu'elle serait toujours sa toute petite-petite cousine. Esther n'aimait pas qu'on la trouve adorable. Elle se pensait sauvage. Elle voulait bien rester toujours toute petite-petite en revanche, ça oui. Elle demanda, mais quoi alors ? Explique-moi ce que j'ai vu, madame Je-sais-tout, je n'y comprends rien. Solange, après avoir insisté sur le fait qu'elle était aussi maligne que sotte, « Bon Dieu, ce que tu peux être quiche, toi », se pencha vers elle. Elles étaient arrivées au Coup de dés. Dans le vacarme des autos tamponneuses, sous les rayons verts des stroboscopes, elle lui avait dit que l'homme de la boulangerie ressemblait à leurs pères parce qu'il ressemblait à leur grand-père. Esther n'avait pas compris. Alors Solange lui avait expliqué qu'il ressemblait à leur grand-père parce qu'il y a très longtemps, à cette époque les Demage achetaient leur pain au Blé en herbe – Esther ignorait qu'une telle époque avait existé –, leur grand-père avait été très ami avec la boulangère. Solange avait insisté sur le mot *très*, et Esther n'avait pas compris. Alors elle lui avait dit qu'ils se connaissaient d'avant, d'avant que leur grand-père monte à Paris finir sa médecine, d'avant qu'il devienne le mari de Françoise, qu'ils se connaissaient d'Avignon, de quand ils étaient petits, de quand la Provence c'était chez lui. D'avant, quoi. D'un avant dont il n'y avait pas de trace dans le journal de Françoise et dont Esther n'aurait pu trouver aucun vestige au cours de ses fouilles. Elle avait toujours cru qu'avant

Françoise, il n'y avait rien. Elle se trouva soudain bien naïve. Qu'avait-elle imaginé ? Qu'Antoine était sorti adulte d'un nuage pour épouser Françoise ? Cela lui fit drôle d'apprendre qu'avant Françoise, Antoine avait eu une vie. Qu'il n'était pas seulement le mari de sa grand-mère, le père de son père. *Avant* tout cela, il avait peut-être même été enfant. Esther eut le vertige. Solange poursuivit. Antoine et la boulangère s'étaient retrouvés, des années plus tard, par hasard, en Normandie. Solange avait ajouté qu'elle ne croyait pas au hasard, pas à ce hasard-là en tout cas. À cette époque, il insistait pour aller chercher le pain lui-même et rentrait toujours avec du pain *et* un baba, soigneusement empaqueté. Tu ne comprends toujours pas? avait demandé Solange. Non, avait répondu Esther, qui cette fois avait compris. Solange raconta alors comment le ventre de la boulangère, qui était veuve, avait gonflé un automne, d'un coup, comme le pain gonfle dans le four. Et comment, plus le ventre gonflait, plus les visites de leur grand-père s'espaçaient. Elle raconta enfin la visite que Françoise fit à la boulangère, un jour de pluie brune. La liasse de billets qu'elle avait sortie de la rigidité de son sac en crocodile, avec laquelle elle aurait pu acheter toute la boulangerie, peut-être même toutes les boulangeries de Normandie. Elle ne savait pas ce qu'elles s'étaient dit, ces deux femmes. Elle savait que Françoise aussi était enceinte à ce moment-là, du père de Solange. Esther s'efforça d'imaginer la scène, les deux femmes séparées par une vitrine pleine de croissants bosselés comme leurs gros ventres pleins d'un enfant qui avait le même père. Tout cela, c'était une voisine qui l'avait dit à Solange, un jour, comme ça, sans prévenir. Parce que, avait ajouté cette voisine, « tu es assez grande pour comprendre ». Esther pensa qu'elle n'était pas assez grande, elle, que ses os étaient – Dieu merci – trop courts pour supporter le poids d'un secret familial. Solange lui confia que depuis ce jour elle ne voyait plus les choses de la même façon. Leurs grands-parents, par exemple, elle ne les regardait plus vraiment dans les yeux, elle regardait leurs épaules ou leurs fins cheveux gris quand elle leur parlait, de peur de découvrir, tout au fond des flaques du vieux bleu de leur iris, de nouveaux cadavres ou de nouveaux enfants. Esther, qui voulut valoriser sa science, lui expliqua qu'elle avait sans doute les yeux tachés. Et Solange, sans bien visualiser l'image, lui dit que oui, c'était peut-être quelque chose comme ça. Elle lui demanda de ne pas embêter Phil avec ça ; un jour, elle aussi, elle irait par-delà l'allée. Et elle comprendrait. En attendant, il fallait la laisser jouer dans la prairie. Esther était d'accord. Solange adulte avait dit tout cela à Esther adulte qui avait entendu. Elle avait alors ôté ses lunettes de soleil. Elle s'était trompée. Ses yeux ne s'étaient pas tachés. Ils s'étaient ouverts. Ils voyaient mieux. Ils transperçaient les murs et les placards dans lesquels dormaient, poussiéreux, les secrets et les fantômes qu'on avait voulu cacher. Ils s'étaient ouverts sur un nouveau monde, le monde des adultes. Songeant vaguement à ce que cela engendrait comme conséquences pour elle et ne trouvant pas de réponse immédiatement satisfaisante, Esther reprit sa chique et remplit son gosier de bon sucre.

Solange avait rejoint Aimé et tous les deux s'étaient assis sur le rebord de la piste, loin des autres. Elle portait son top du marché, celui avec des flammes. « C'est la *pasión* », avait commenté Phil en référence à leur épisode favori d'*Un, dos, tres,* celui où Silvia et Pedro acceptent de vivre leur amour en plein jour. Esther se demanda si ç'avait également été la *pasión* entre son grand-père et la boulangère du Blé en herbe. Les autos tamponneuses bariolées s'entrechoquaient en rythme et leur vacarme ne couvrait pas celui de la sono qui crachait les tubes de l'été, *Femme like U,* ceux des Las Ketchup et O-Zone. Dans un coin, un écran de télévision suspendu diffusait en silencieux un épisode de *Fort Boyard.* Esther trouvait cela très pénible de voir les candidats fournir des efforts muets, gémir sans bruit et applaudir sans son. Officiellement, elle ne regardait plus *Fort Boyard.* Mais, en secret, elle aimait toujours l'émission, surtout pour les personnages permanents, la Bohémienne, la Boule, Passe-Partout. Elle imaginait leur vie, quotidienne et romanesque, une fois que les candidats repartaient en bateau et qu'ils pouvaient, remontés dans la vigie, serrer entre leurs doigts et tout contre le vent une tasse de thé onctueusement fumante. Elle suivait d'un œil, sans un mot, retirée dans son palais de sucre, et n'écoutait que distraitement ce que le Petit lui racontait sur les salsifis, un légume injustement décrié selon lui et qui *devait* retrouver sa place sur les étals des marchés. Camille avait rejoint dans un autre coin son vendeur de chichis et le Bleu discutait avec Louane. La couleur des éclairages changeait rapidement et les visages et les corps s'animaient par saccades, fractionnés dans une sorte de fantaisie frénétique, tantôt verts, tantôt rouges, tantôt bleus. Quand la lumière passa au bleu, une Phil bleue lui tira le coude pour lui montrer le baiser bleu qu'échangeaient les silhouettes d'Aimé et Solange, qui devait être doux. Ils étaient collés comme deux coléoptères qui s'accouplent et les deux cousines firent mine de vomir. Un vomi bleu.

— Le prochain, c'est pour nous ! lança soudain le Petit, qui s'était éclipsé sans qu'Esther le remarque.

Par *nous*, il entendait Esther et lui, et il parlait des autos tamponneuses. Il agitait en l'air deux tickets de fête foraine d'un air ahuri. Pourquoi pas, se dit Esther, ramassant les dernières lampées de sucre autour de son palais tandis que Félindra, la dompteuse de tigres de *Fort Boyard*, renvoyait silencieusement les fauves dans leurs cages. Un coup de sifflet retentit, les autos tamponneuses s'arrêtèrent avec la musique, les passagers descendirent, le Petit saisit la main d'Esther et ils coururent tous deux vers le véhicule le plus fluorescent. Avant d'embarquer, le Petit passa une main de connaisseur sur les caoutchoucs qui rehaussaient l'auto.

— Ça m'a l'air bien gonflé, ça absorbera mieux les chocs, affirma-t-il comme s'il avait tâté des caoutchoucs d'autos tamponneuses toute sa vie.

Esther le rejoignit dans l'embarcation. Le Petit lui enjoignit de grimper côté passager alors qu'elle avait toujours été à la manœuvre aux autos tamponneuses. Cela la dérangea. La musique reprit.

La lumière passa au vert. Le Petit tenait à garder les mains sur le volant, faisant barrage d'un sourcil froncé – le même que celui que son père opposait parfois à sa mère – à celles d'Esther lorsqu'elles tentaient une percée vers les commandes du véhicule. Ils n'étaient pas non plus d'accord sur la démarche à suivre pour tamponner ni sur les victimes à désigner. Esther aimait les chocs frontaux et *prémédités*, mot qu'elle avait appris la nuit dans les pages des romans d'Agatha Christie. Elle garait son auto en fond de piste, choisissait sa victime, toujours pâle, souvent myope, faisait ronronner son petit moteur pendant quelques tours d'arène, attendait que la victime se trouve bien en face de son auto et fonçait comme une furie pour lui rentrer dedans. Une fois, elle avait percuté sa victime si fort que ses lunettes avaient plongé pour s'écraser lamentablement sur la piste et subir les ravages de toute une nuit d'été tamponneuse. Comme les meurtriers de ses romans, elle était retournée sur le lieu du forfait le lendemain, avait ramassé entre deux doigts la dépouille de lunettes sur la piste en murmurant « à qui profite le crime », pour le simple bonheur de faire rouler ces mots dans sa bouche. Elle les avait conservées précieusement dans sa boîte à trésors, comme on accroche un trophée de chasse aux murs lambrissés d'un salon. Le Petit n'avait ni méthode ni grâce, il était tristement brutal. Il suivait, accélérait et tamponnait en série.

La lumière passa au jaune. Esther jeta un œil à Solange et Aimé, toujours enlacés dans un coin, comme s'ils venaient d'inventer l'amour, qu'ils le tenaient entre leurs bouches collées et ne voulaient pas se dissocier, de crainte de le voir s'envoler ou pire, se distordre. Elle perçut un fil de langue jaune passer de la bouche de Solange à celle d'Aimé et détourna le regard en même temps qu'un choc violent venu par l'arrière la projeta en avant. C'était la voiture de Camille et du vendeur de chichis, lèvres retroussées sur dents jaunes, hilares, qui leur était rentrée dedans. Son cœur avait bondi aussi fort que lorsque le téléphone avait sonné dimanche, lorsqu'elle était tombée à l'eau pendant la tempête ou lorsqu'elle avait poussé la porte du vestiaire des garçons ce matin même au club de voile. Elle se dit que les autos tamponneuses pouvaient constituer un entraînement aux secousses de tous les jours, qu'elle pratiquait sur ce terrain l'exposition à des chocs microscopiques comme les astronautes s'entraînent à être secoués dans un panier à salade avant d'aller sur la lune.

La lumière passa au rouge. Le Petit braqua le volant et fit tanguer l'auto jusqu'au milieu de l'arène.

Il coupa le moteur. Esther, qui cherchait Phil du regard, tourna la tête afin de lui demander pourquoi il s'était arrêté. Ce fut une collision. Les lèvres du Petit étaient entrées, brusquement, en contact avec les siennes, sans méthode ni grâce. Il l'avait embrassée aussi brutalement qu'il avait tamponné le véhicule qui les devançait quelques minutes plus tôt. Il serrait sa tête entre ses mains comme il avait serré le volant et elle s'étonnait qu'il n'ait pas tâté ses lèvres au préalable comme il avait tâté le caoutchouc de leur véhicule histoire de s'assurer qu'elles étaient assez gonflées pour absorber le choc. Esther ouvrit les yeux. Le Petit était monstrueusement rouge, ses bras agrippés aux siens. Elle voyait le côté de ses oreilles rouges et derrière elles, le bras tendu de Camille, rouge, désignant son auto et les yeux de Phil, rouge, sur le côté de la piste, étirés comme les pinces du grappin avec lequel on attrape des doudous, un peu plus loin. Il plongea sa langue rouge dans sa gorge et prit sur son palais quelques lampées du sucre qu'elle avait gardé pour plus tard et pour son seul usage. C'en fut trop. C'était son sucre. Elle se dégagea de son étreinte mécanique et avala avec un rictus dégoûté la salive qu'il avait laissée sur sa langue, découvrant ainsi le goût des garçons. Elle préférait celui du sucre.

Le cinquième jour

25

Esther avait laissé les Chocapic fondre dans le lait chaud. Elle aimait ses céréales ramollies et son lait tièdement chocolaté. Elle en avait mis peu, du lait, le calcium c'était mauvais pour les os trop poussés. Elle espérait que la décoction serait assez puissante pour absorber le goût nerveux du torrent de salive que le Petit avait vidé dans sa bouche la veille. À côté d'elle, Phil, qui mangeait ses Chocapic sans lait, concassait les coquilles noires entre deux molaires, si bruyamment que chaque coup de dent masquait le fredonnement des tondeuses à gazon et des abeilles matinales. Elle buvait son lait dans un grand verre, ce qui faisait luire sa bouche. Esther porta son attention sur la petite touche blanche qui rendait brillant l'ourlet rose de sa lèvre. Elle semblait avoir été déposée par un maître hollandais pour apporter une touche de lumière à sa composition. Esther se souvint de *La Jeune Fille à la perle*, tableau qu'elle avait étudié en classe, et de ce léger à-plat blanc sur sa lèvre entrouverte qui donnait à la jeune fille cet air *suave*, *mystérieux* et *subversif* selon le professeur d'art plastique. Elle trouva sa cousine infiniment plus gracieuse après cela. Phil lisait à voix haute les informations écrites sur le dos du paquet. Esther n'écoutait pas.

Elle pensait, soufflant sur le contenu de sa cuillère entre deux lampées, au passé, au présent et à l'avenir, qui étaient pour elle aussi emmêlés que les pistes du labyrinthe dessiné sur la boîte de céréales. Concernant le passé, qui remontait à la veille, elle pensait moins à la langue du Petit qu'aux yeux d'Augustin. Et pour Augustin, elle pensait moins aux morceaux de son corps volés d'un œil la veille et entreposés dans un coin de son cerveau comme un bijou trop voyant laissé au fond de son écrin, qu'aux profondeurs de sa gorge, aux mots que celle-ci avait régurgités, « ma mère est morte », et à tous ceux qui étaient restés dans son ventre, qu'il n'avait pas dits et qu'elle se surprenait à vouloir entendre. Son esprit effleurait également, entre deux souffles, le futur très proche et l'arrivée annoncée des Grégoire, les invités de ses grands-parents, qui s'installeraient pour une nuit en territoire enfant, à l'étage. Elle fit la grimace, cela promettait d'étranges interactions. Françoise avait d'ailleurs enjoint aux filles de débarrasser la pièce des vieilleries qui s'y trouvaient avant de partir au cours de voile. « Faites *tabula rasa*, avait-elle dit, la chambre doit être propre comme un sou neuf. » Esther trouva que c'était faire bien peu de cas des fantômes de la maison, qui étaient là avant et seraient là après le passage des Grégoire et qui les habitaient, cette chambre et ces vieilleries.

Elle ramena sa cuillère à sa bouche pour absorber une nouvelle lampée de sa mixture et dans le même mouvement, ramena son esprit aux quelques mots qu'elle avait arrachés au journal de Françoise avant de s'installer à la table du petit déjeuner. Elle les avait pillés sans grâce, pendant que Françoise, dans la cuisine, découpait de ses mains tremblantes quelques tranches de pain et qu'Antoine était parti, lent et courbé, le poids de son vieux menton relâché le tirant vers le sol, chercher les clubs de golf dans le garage. Cela faisait trop longtemps qu'elle n'avait pas pris les informations de Paris à la source, alors elle avait dû risquer une intrusion dans la chambre de ses grands-parents en plein jour. Elle n'avait pas eu le temps de lire l'exhaustivité du récit des jours passés. Elle avait pris au hasard, entre les lignes, une poignée de mots saillants comme on prend dans la vase une poignée frissonnante de crevettes grises. Elle avait laissé couler ce qui relevait de l'ordinaire, le bridge, le golf, ce que l'on avait mangé aux différents repas, pour ne ramasser entre le filet de ses doigts que ce qui avait de l'importance pour elle. Elle avait ainsi repêché *Richard* puis *soins palliatifs* et enfin *ne rien dire à Esther*. Pour ce dernier point, ce n'était pas compliqué. Françoise n'avait jamais rien *dit* à Esther. Elle lui parlait, lui demandait de se laver les mains, de donner des précisions sur le déroulement de ses journées ou de moins manger, de faire attention à sa ligne. Mais elle ne lui avait jamais rien *dit*. Elle ne lui avait rien dit ce matin de l'été précédent, quand ses draps avaient rougi, comme ses pommettes, du sang de ses premières règles. Françoise avait simplement demandé tout bas à la femme de ménage de les laver à 60° et d'acheter des protections hygiéniques à la supérette. Lorsque Esther s'était couchée, le soir, ses draps étaient proprement rêches et elle ne les avait pas tachés de nouveau car elle avait tapissé sa culotte d'une mince couche, en suivant les instructions rêches du sachet. Françoise ne lui avait rien dit non plus le jour où Esther lui avait demandé de lui parler de Claude. « Elle me manque, c'est tout », lui avait échappé comme par mégarde et elle avait tourné sa tête d'oiseau ancien pour plonger ses yeux dans le vide au-delà de la fenêtre, « Mais pourquoi diable fait-il ce froid de canard ? », ce qui signifiait : « Je ne te dirai rien. » Françoise parlait toute la journée pour ne rien dire. Des oursins avaient poussé dans sa gorge, pensait Esther, pour ne laisser filer dans sa voix que le superflu, le négligeable, l'insignifiant, et ses paroles sonnaient aussi faux que celles d'un perroquet bavard piaillant à l'envi, les griffes serrées sur un perchoir de laiton. Alors non, pas de risque que Françoise *en parle* à Esther, elle qui n'avait jamais parlé.

Esther ne savait pas précisément ce qu'étaient les soins palliatifs. Elle se souvenait simplement d'une discussion avec sa mère, quelques mois plus tôt, un dimanche, devant la porte d'une chambre d'hôpital, larmes accrochées au coin des cils, tignasse ébouriffée comme les joncs sur les rochers chevelus autour de la cale après la tempête. Elle lui avait dit que c'était la dernière étape et qu'après cela il n'y aurait plus rien. Demain, plus rien. Esther leva les yeux à travers la vitre, vers le ciel : « Demain, plus rien », les mots apparaissaient partout comme suspendus, menaçant de s'effondrer sur elle dans le bleu pur et prometteur de ce début de matinée. Elle suivit, entre les doigts de Phil serrés sur la boîte de Chocapic, la piste du labyrinthe tortueux qui n'aboutissait pas. C'était ça, les soins palliatifs, dans son esprit. Une route sinueuse vers le vide.

Les yeux de Phil rencontrèrent les siens par-dessus le sachet.

— Tu as trouvé la solut'? lança-t-elle.

— Oui, répondit simplement Esther en laissant fondre un peu du glaçage d'une céréale qu'elle tenait entre ses dents sur sa langue, préparant son palais de sucre pour plus tard.

Les cuillères firent encore un peu tinter les bols, qui résonnèrent avec le chant des tourterelles et le vrombissement de la mobylette du facteur, harmonie du matin.

— Je vais aller débarrasser les affaires de la chambre d'amis, dit Esther en faisant racler les quatre pieds de sa chaise contre le bec de l'oiseau que dessinaient les carreaux de ciment.

Elle secoua son bol au-dessus de sa bouche pour gober les dernières gouttes de lait chocolaté et se faufila dans l'escalier. Phil viendrait lui donner un coup de main plus tard. Solange dormait encore.

26

La bedaine de l'armoire laquée de la chambre d'amis avait, vorace, digéré les objets qui y étaient remisés, devenus ses viscères moites, exhalant une bouffée tièdement humide quand on en ouvrait la porte. Esther avait le sentiment, plutôt, de l'éventrer. Entre une paire de patins à roulettes fanée et des gilets de néoprène encore raides de sel qui n'appartenaient plus à personne, personne de vivant, pour être précis, elle avait trouvé un carton sur lequel une main avait écrit le mot *Richard*. Elle avait interrompu son tri et emporté le carton dans sa chambre en sautillant, ses bras resserrés en bracelet autour de lui car il pesait lourd. Assise sur son lit, elle avait fait glisser ses doigts sur la poussière qui le recouvrait, un bon centimètre, ce qui permettait de mesurer le poids des ans qui avaient passé depuis qu'une autre main en avait refermé les quatre pans. Au moins deux décennies. Elle attendit un instant, se demandant quels trésors pouvaient avoir dormi si longtemps loin de leur maître, du sommeil tranquille de celui qui sait qu'on l'a aimé. Puis elle déplia, avec précaution, les quatre pans ramollis qui refermaient le carton pour y découvrir, à la surface, un tourne-disque. Esther s'en saisit et le posa délicatement sur le sol. La couche inférieure d'objets était constituée de dizaines de pochettes, jaunes et écornées, des vinyles, que le tourne-disque avait tendrement couvées pendant une longue gestation. Esther était déçue. Le carton était la promesse de nouvelles histoires intimes, précises, personnelles. Il aurait dû renfermer un trésor d'anecdotes singulières qu'elle aurait pu absorber, dont elle aurait pu s'enrichir. Il ne contenait qu'une cargaison de disques communs, qui auraient pu appartenir à n'importe qui. Elle aurait voulu, en réalité, découvrir des carnets, des traces, un témoignage de la vie de son père, de la vie de son père enfant, pour la comparer à la sienne. Mais les garçons n'écrivent pas de journaux intimes, se souvint-elle. Sale race. Elle fit la moue mais se décida tout de même à exploiter le gisement sur lequel elle avait mis la main. Après tout, il faut creuser pour trouver le pétrole. Elle faufila son bras dans les entrailles du carton, et en extirpa une première pochette sur laquelle on pouvait lire : *Les élucubrations d'Antoine*. On y voyait un type en jean, cheveux longs, grand blouson, guitare hissée bien haut, sur une voie ferrée. Ça parle pas, ça, se dit-elle en le posant au sol. Quoi d'autre ? Le disque d'en dessous, c'était aussi un type chevelu, un certain Neil Young, col à jabot blanc, regard en coin, l'air mauvais. Il ressemblait à un méchant marquis tout droit sorti d'*Angélique, marquise des anges*. Esther aimait beaucoup les aventures d'Angélique, dont la beauté enrubannée en *désolait* plus d'un. Elle fit défiler les pochettes sur lesquelles figuraient des silhouettes systématiquement glabres, toujours aériennes, soulevées par des pattes d'èph' mollement gonflées comme le vent doux taquine les manches à air de la cale en septembre. Les têtes regardaient toujours de côté, ne fixaient jamais l'objectif. Qu'est-ce que vous manigancez ? se disait Esther. Ses lèvres déchiffraient, écorchant souvent les mots opaques, anglo-saxons, que constituaient leurs noms. Bob Dylan, Mungo Jerry, Animals. « Tu aimes les chevelus qui louchent, papa ? » murmura-t-elle en essuyant sur un coin de taie d'oreiller la poussière qui avait recouvert ses doigts d'un pelage doux et gris. Une pochette, enfin, retint son attention. *The Partisan*, de Leonard Cohen. Elle lut le titre à voix haute, en prenant soin de placer sa langue entre ses dents pour prononcer « *the* », et mille postillons vinrent consteller le ciel enneigé qui pesait en arrière-plan de la pochette. Elle choisit celle-là entre toutes parce que le chevelu en photo, emmitouflé dans un blouson dont l'encolure en laine moutonnait jusque dans ses oreilles, l'œil perdu dans un ciel que grattaient sans doute les tours d'un continent américain, ouvrait à demi la bouche. Comme si des mots étaient suspendus au bord de ses lèvres, tel un marron trop mûr faisant craquer sa bogue au bord d'une branche avant de basculer dans le vide. Il lui rappela Augustin et son grand nez, Augustin qui avait ouvert la bouche pour sortir quatre marrons vrais, durs, bruts, des marrons de plomb, « ma mère est morte », qui étaient tombés directement dans son cœur, comme une flèche, pensa-t-elle, une flèche dans sa langue qui avait percé son cœur. Vu sous cet angle, Leonard Cohen était beau.

Elle fit glisser la plaque de réglisse noir hors de son emballage de papier et brancha le tourne-disque. Elle n'avait jamais fait fonctionner de tourne-disques, mais elle avait vu des personnages de films en manipuler. Elle imita leurs gestes. Elle souffla sur le disque, un nuage de poussière dansa dans la lumière du matin, puis elle le posa sur la plate-forme et plaça le bras rétractable et son diamant tout au bord du cercle.

D'abord elle n'entendit rien. Puis de loin, de très loin, du fin fond des étés passés aux Hortensias qu'elle n'avait pas connus, deux notes très graves, pincées, d'abord ténues, puis amples et acharnées, lui firent signe. *On se connaît*, lui disaient-elles. Elle tendit l'oreille. Par-dessus, une autre guitare s'emmêlait et faisait résonner une dentelle de notes plus fines, plus nerveuses. Puis ce fut la voix. Une voix sans joie. Esther ferma les yeux et laissa la plainte submerger son souvenir comme on laisse l'eau emplir ses oreilles quand la mer est douce, le soleil chaud et le temps sans souci. Elle connaissait cette chanson. Elle n'appartenait pas qu'à son père. Elle leur appartenait à tous les deux.

C'était la chanson du samedi matin, quand Hélène était au travail et qu'Esther restait seule avec son père. Cette chanson, elle l'avait déjà écoutée cent fois. Elle ignorait, ce matin-là, qu'elle la réécouterait cent autres fois, peut-être mille, dix mille, cent mille millions de fois. Aux craquements de guitare sèche, aux lamentations monocordes, venait maintenant se fondre, émergeant du creux de sa mémoire, l'odeur lointaine de la Gana craquante et des feuilles froides pourrissant sur le pavé des allées du Père-Lachaise. Ils traversaient le cimetière, évitant les rues, pour aller faire les courses. Ils chantonnaient ensemble les parties françaises du *Partisan*, « *j'ai changé cent fois de nom, j'ai perdu femme et enfants…* », entre les allées froides en sautillant, « … *mais j'ai tant d'amis* ». Son père lui racontait des histoires et aboyait toujours après le chien qui gémissait sur le balcon du 183 de la rue des Pyrénées. Elle l'imitait en riant. Ce matin, Esther recevait la musique en silence. La mélodie emplissait son cœur et le tachait, lui aussi, d'une mélancolie grave et indélébile. Elle sentait progressivement, avec le déploiement des accords mineurs, un doigt puis quatre autres se resserrer sur sa main aux os poussés redevenue menotte aux os délicats. Elle sentait, note après note, cette paluche tendre comme la mie du pain frais se réchauffer dans la sienne, s'animer. Elle en reconnaissait les reliefs, de cette chère main qu'elle connaissait par cœur, charnue par endroits, chevelue sur les doigts, molle sur la paume, accueillante et ferme partout. Entre deux incantations, elle pouvait presque sentir l'amour du corps attaché à cette main. De loin, de très loin, d'aussi loin que sonnaient les notes de basse, elle avait cru apercevoir, caché derrière un couplet, le début d'un sourire suspendu aux lèvres de son père. Elle serra très fort la main. Cette main aujourd'hui tendue, vivante mais malade, qui serait froidement silencieuse un jour, bientôt, venait déjà la hanter et lui serrer la gorge certaines nuits, toutes les nuits même, en tout cas toutes celles qu'elle avait passées aux Hortensias depuis le début des vacances. Cette main qu'on emmenait aux soins palliatifs, cette main frêle, désormais jaune, presque verte. Esther comprit qu'elle aurait donné tout son sang pour la gonfler à nouveau et la ragaillardir. Tandis que la voix exprimait, dans cette langue qu'elle ne comprenait pas, un regret teinté d'espoir « *oh the wind, the wind is blowing, through the graves the wind is blowing, freedom soon will come* », elle sentit monter en elle d'abord l'abattement puis, tout de suite après, une lointaine sensation, comme de la colère. Son père avait laissé la maladie l'envahir, s'emparer de son corps et de ses mains, ses mains dont elle avait besoin pour la tenir, toujours, sur toutes les routes. Pourquoi n'avait-il pas résisté ? Pourquoi s'était-il rendu ? Pourquoi n'avait-il pas couru, en pyjama d'hôpital, pourquoi ne s'était-il pas échappé, pour venir s'occuper d'elle ? Comment pouvait-il la laisser seule ? Ses poings se crispèrent, pleins de rage, pleins de sang, pleins de vie.

Le parquet grinça et Esther aperçut, dans l'encadrement de la porte, ce que de mémoire d'enfant, aussi loin que remontait la jeune humanité qui peuplait l'étage, on n'avait jamais vu. Antoine, son grand-père, se tenait, hagard, sur le seuil. Comment il avait hissé ses vieux os au premier étage des Hortensias, en territoire enfant, comment s'était déroulée l'ascension, comment même il pouvait se repérer dans cet univers qui lui était inconnu, nul ne le saurait jamais. Il était un peu essoufflé, son vieux ventre se compressait et faisait gonfler son chandail comme le flanc creux d'une vague pousse les bateaux sur la mer.

— C'est toi, Esther, qui as mis cette musique ? demanda-t-il

— Oui, balbutia-t-elle, toujours surprise par le spectacle qui se déroulait sous ses yeux.

— C'est idiot, je... je pensais que c'était ton père. Il aime beaucoup cette chanson. Quand il était plus jeune, il la laissait tourner sans arrêt, on l'implorait tous d'arrêter. Mais je dois admettre... que ça faisait longtemps, oui, ça faisait longtemps que je ne l'avais pas entendue et je dois dire... oui, je dois dire...

Ses phrases s'évaporaient, inachevées, dans l'air. Ses yeux ne regardaient pas Esther. Ils s'attachaient à un point sur le tapis. Esther avait deviné qu'il était, lui aussi, parti retrouver son père, son père enfant, loin dans ses souvenirs.

— C'est idiot… oui, comme c'est idiot… comment j'ai pu croire que Richard était revenu… Je perds la tête…

— Tu as peut-être envie de le voir, c'est qu'il te manque, essaya Esther.

Les yeux d'Antoine rencontrèrent les siens. Elle se demanda s'il voyait, dans son œil à elle, son œil ouvert depuis la veille, qu'elle savait pour le Blé en herbe.

— Oui ça doit être ça, oui, je… je dois avoir envie de le voir, toi… toi aussi, j'imagine…

Il baissa la voix et murmura, comme pour lui-même, « ma pauvre petite ».

Esther ne répondit pas, baissa les yeux et fit mine de ranger les vinyles dans le carton. Antoine, agrippé à un pan du cadre pour ne pas flancher, le lâcha, laissant pendre ses mains au ras du sol. Il resta ainsi un moment, hébété, un peu voûté, un peu tendu, à attendre quelque chose qui n'arriva pas. Finalement, il tapota ses poches, esquissa un drôle de sourire, comme on répond « oui » à une question qu'on n'a pas écoutée et, tremblotant, annonça qu'il redescendait. Qu'il était simplement venu voir si la chambre des Grégoire était prête. Esther demanda s'il avait besoin d'aide pour l'escalier. Antoine la rassura. Non.

Il était monté, il pourrait bien redescendre.

27

La chanson était terminée et le disque continuait de crépiter sur la plate-forme. Esther l'arrêta et entrouvrit la pochette pour ranger la galette noire. Comme elle la penchait, quelque chose en tomba. C'était un très vieux papier, bruni par les années et ramolli par les pluies qui étaient tombées sur Ambreville pendant bien des automnes et bien des hivers. Elle le déplia. *Richard, 5 août 1967* y était griffonné avec une maladresse qu'Esther jugea *enfantine* sur le coin droit. Le reste de la feuille était crémeux à l'exception, en son centre, parcourant toute la feuille à l'horizontale, d'un épais trait dessiné avec plusieurs nuances de vert, vert profond, vert émeraude, vert prairie. Le petit Richard avait probablement utilisé plusieurs crayons différents ou colorié en appuyant avec plus ou moins de force sur la pointe grasse de son outil. Cela attendrit Esther. Le rayon vert était ourlé sur sa partie supérieure d'une sorte d'auréole rose carmin, là aussi le résultat de plusieurs points de couleur, et sur sa partie inférieure d'une sorte d'auréole aigue-marine. L'esprit aguerri d'Esther reconnut là la représentation du phénomène du rayon vert, issu de la mort d'un soleil tombé dans l'eau.

Comme tous ceux qui avaient dormi et rêvé derrière les dunes d'Ambreville, Richard était fasciné par la possibilité d'un rayon vert. Esther le savait, c'est lui qui lui avait raconté la légende, la toute première fois, un mercredi après-midi, à la Cité des sciences. Quelque part entre le planétarium et le grand récit de l'Univers, il lui avait dit qu'il existait des phénomènes rationnels, explicables, mais en même temps – et il avait baissé la voix de peur que la science ne l'entende et ne le bannisse de sa Cité – extraordinaires et magiques. Il lui avait dit que le rayon vert était un de ces phénomènes. Il avait employé un terme scientifique pour décrire comment cela était possible, cet éclat bref, vert et soudain de lumière dans les airs : « photométéore ». Ce mot venait du grec, *photos*, qui veut dire « lumière », et *meteoros*, « air ». Il avait tracé les lettres grecques de la pulpe de son doigt, comme une constellation, sur la voie lactée de ses petits bras charnus, *φωτός* et *μετέωρος*. Il lui avait expliqué que la lumière du soleil subissait une réfraction qui prenait la forme d'un point très vert, d'un vert qui n'existe pas pour l'œil humain, visible quelques secondes. Quelques secondes seulement. « Ça, c'est scientifique, vois-tu », avait-il dit en rajustant ses lunettes. Esther était fière que son père soit aussi savant que Tryphon Tournesol. « Mais je vais te dire un secret. » Esther ne perdait pas un mot et ouvrait la bouche à défaut de pouvoir ouvrir ses oreilles pour mieux recueillir le secret. Dans la nuit du planétarium, il lui avait dit son secret. Rien de tel que la nuit, même artificielle, pour couver les secrets des rêveurs. « La vérité, c'est que ce phénomène physique et explicable est si rare que ceux qui ont la chance de le capturer dans leurs yeux mortels deviennent pour toujours immortels. » Esther avait répété : « Immortels ? » « Immortels ! » avait affirmé Richard. « Ils quittent le monde des vivants et accèdent à autre chose, je ne sais pas trop comment l'expliquer, mais ce qui est sûr, c'est que c'est *vrai.* » Il lui avait alors confié qu'il avait découvert l'existence des rayons verts le dos calé contre la fenêtre de la chambre du milieu, celle où elle dormait avec Phil, celle où lui dormait enfant, aux Hortensias, le roman de Jules Verne entre ses ongles sales de la terre remuée du jardin – c'était un livre magique, il faudrait qu'elle le lise un jour, elle le trouverait dans la bibliothèque là-bas, si elle voulait. À cette époque, Esther ne savait pas lire depuis longtemps, elle ne lisait que des livres avec images. Elle savait que Richard lui parlait d'un livre pour les grands. Un livre sans images. Elle s'était sentie fière que son père pense qu'elle était prête pour lire un livre de *grands.* Richard lui avait promis qu'il n'avait parlé de ça à personne sauf à elle, pas même à Françoise, pas même à Claude, pas même à Hélène. Ce serait leur secret, il était – il avait regardé autour de lui pour s'assurer que personne ne le démasque dans l'ombre épaisse – *chasseur de rayons verts*. Esther avait demandé s'il pourrait l'emmener à la chasse avec lui, il avait répondu que oui, bien sûr, elle ferait une excellente chasseuse. Esther avait rougi de plaisir et frappé des mains. Il lui avait alors expliqué que le ciel devait être clair pour en attraper un. Il avait même fait mine d'attraper l'invisible. Il avait ajouté que la présence d'un *anticyclone* – Esther ne connaissait pas ce mot – facilitait la chasse, et surtout que la ligne d'horizon devait être assez lointaine pour que les rayons solaires traversent la plus grande distance d'*atmosphère* possible avant d'atteindre l'observateur. C'était la raison pour laquelle les chasseurs de rayon vert se retrouvaient à Ambreville. C'était, paraît-il, l'endroit au monde le plus propice à l'observation du phénomène. On y venait de la terre entière pour avoir la chance de gagner l'immortalité. L'horizon y était parfaitement dégagé et le ciel normand, dans son déluge de couleurs, constituait un décor parfait pour un phénomène énigmatique. L'Internationale du rayon vert (IRV) y avait installé son siège, une pièce exiguë dans les combles du casino, plein ouest. Richard en faisait partie et Esther, bien des années plus tard, en deviendrait un membre éminent. Richard lui avait expliqué que les chasseurs de rayons commençaient toujours l'observation en position assise. Ils s'étaient tous les deux assis sur le béton ciré du planétarium. Puis, que pour prolonger le temps d'observation, on se levait, doucement. Ils s'étaient levés doucement, main dans la main. Puis, que pour éviter un éblouissement dû aux dernières lueurs jaunes ou cramoisies, ce qui pouvait donner l'impression de voir un faux rayon vert, et ça c'était inacceptable, il fallait absolument tourner le dos au soleil et ne se retourner qu'au dernier moment. Son père avait conclu en lui disant qu'un homme, une fois, avait vu un rayon vert à Ambreville et que si on le regardait dans les yeux, on pouvait toujours le voir briller, comme on entend la mer dans les vieux coquillages.

Esther sortit sa tête du dessin. Tissu de sornettes, à quoi bon avoir deux yeux pour voir le rayon vert s'ils doivent être fermés l'un par la maladie, l'autre par la mort avant d'avoir pu en attraper un, de foutu rayon. Des yeux devenus bons à rien, pas même bons à attraper un pauvre rayon de soleil pour s'y ragaillardir comme un lézard. Richard, tu n'es qu'un pauvre *enfant*, se dit-elle, si tu savais… Elle sentit la mélancolie couler dans son cœur taché, reprit le dessin entre ses dix doigts et après un court instant se surprit à caresser les griffonnements et à suivre du doigt la démarcation tracée par le rayon de papier. Elle ferma ses yeux que la rêverie du planétarium, remontée du fond de son ventre, avait rendus humides, bien malgré elle. Sous le noir de ses paupières, la ligne verte était toujours là.

Devant, il y avait la vie, la vie humaine, avec ses joies et ses peines. Derrière, dans un coin d'ombre, au-delà de la ligne, il y avait autre chose. Elle vit pousser, dans la pénombre, un brin d'herbe. Sous ses paupières, alors que le brin d'herbe grandissait, bientôt suivi par des dizaines d'autres, se mit à gonfler un champ paisible, qui évoquait l'émeraude en poudre ou un régal de poireaux. Au-delà, loin derrière la ligne, dans son œil fermé, poussaient des fruitiers en abondance. Les pelouses étaient désormais entourées de banquettes de verdure et de massifs de fleurs. Des arbres s'y étiraient. Pas des arbres d'ici. Des figuiers, des orangers, des grenadiers, des lauriers, des oliviers, des cyprès, des ormes aux gros troncs, des hêtres, beaucoup de ces trembles qu'elle avait découverts la veille, des frênes, des érables – elle récitait mentalement le nom des arbres qu'elle connaissait. Il y avait aussi des ifs mille fois millénaires au pied desquels son père, son père robuste, coiffé de cheveux rouges, l'attendait et l'attendrait toujours, ombrageant le sol tendre si le soleil tapait trop fort. On se coucherait sur cette herbe comme dans un lit de verdure. Des lapins et des écureuils y joueraient avec des licornes, des griffons, des phénix. Au centre, elle voyait à présent très clairement une fontaine dont les jets vaporisaient la douce musique du lieu, musique d'où partaient des ruisseaux qui iraient irriguer la mer, une mer verte. Ses yeux clos lui dirent qu'il y avait tout cela derrière cette ligne de crayon de couleur, et que tout cela, la main de son père enfant le lui avait offert sans le savoir.

C'était le dessin le plus précieux du monde. Il contenait, en germe, la promesse que son père lui avait faite, ce jour-là à la Cité des sciences. Que le monde était beau, que la vie était riche, qu'il y avait des avants et des après, délimités par une ligne, et qu'il suffisait de la prolonger, cette ligne, de regarder au-delà, pour voir les arbres pousser à nouveau et vous embrasser à travers leurs feuillages. Au bout, il serait toujours là, immortel et souriant. Tu t'es trompé, petit Richard. Pas besoin de grand soir, se dit-elle, il est là, mon rayon vert. Comme le merveilleux jardin germait dans son cerveau, ses os, ses os de femme, germaient aussi, silencieusement. Cette fois-ci, elle les laissa faire. Et même, elle déplia ses doigts comme son amie la mouette déployait ses ailes après la tempête.

— T'es pas habillée, on va être en retard !

Solange venait d'apparaître dans le cadre de la porte, en tenue de voile, à l'endroit même où le jardin merveilleux proliférait quelques secondes plus tôt et où son grand-père s'était matérialisé encore quelques minutes auparavant. Les yeux de Solange parcoururent la pièce, s'attardèrent sur le tourne-disque, le carton poussiéreux, les doigts d'Esther allongés sur la feuille de papier. Ils remontèrent comme on remonte le gué jusqu'aux yeux d'Esther, ses yeux rougis à force de s'interdire de pleurer. Elle ne vit pas, tout au fond de la pupille, le vert qui s'y était accroché, dans lequel poussait et pousserait toujours le jardin de son plus intime espoir.

— Non mais t'en fais pas, on a encore le temps, ajouta-t-elle comme pour s'excuser.

Esther n'avait pas décollé les lèvres, de peur qu'un arbre ne sorte à la place de sa langue. Solange disparue de la chambre, elle plia soigneusement la feuille, la caressa une dernière fois, ramassa un ruban qui traînait au sol, le noua autour des quatre coins repliés, s'agenouilla, tira de sous son lit sa boîte à trésors et y enfouit, tout au fond, le rayon vert.

28

Esther, en bonne gardienne du temple du premier étage, s'était placée en vigie à la fenêtre, genoux repliés sous les fesses, nez collé à la vitre, pour guetter l'arrivée des intrus, peut-être ce couple de vieillards qui allait venir envahir ses terres, peut-être d'autres visiteurs importuns. Qui sait. Le soleil qui traversait la vitre un peu crasseuse lui cuisait la peau. Dans la pièce d'à côté, Solange et Phil vernissaient leurs ongles de couleurs vives. Esther pouvait, de son poste, entendre par bribes leur conversation comme autant de touches de bleu profond ou de fuchsia sur un ongle. Ce n'était pas très intéressant. Elle accrocha ses yeux au feuillage des tilleuls qui bordaient l'allée. Un pic épeiche suspendu aux branches sèches attendait, lui aussi, que l'après-midi se déroule.

Son plumage bleu lui rappela les yeux d'Augustin. Ses yeux qui, ce matin lors de la leçon de voile, étaient de nouveau masqués par ses lunettes Nautisport dont Esther comprenait désormais qu'il s'agissait davantage d'un paravent que d'un signe ostentatoire. Il les plaçait devant ses pupilles comme une veuve baisse le crêpe noir sur son visage et son chagrin. Il leur avait ordonné de voguer vers Granville, plein est. Elles avaient mis le cap sur le Mont-Saint-Michel, plein ouest. Gonflées par l'envie d'aventure, ce grand espoir nautique, comme les voiles par le vent, sous le fumet marin évaporé qui colle aux cheveux sans les mouiller à la manière de la rosée dans une toile d'araignée. Elles avaient voulu s'emparer de cette merveille que l'optique semblait offrir dans le creux d'une main vaseuse. Au loin, le Mont ressemblait à un pauvre jouet abandonné que l'on aurait furieusement envie de ramasser pour le posséder rien qu'à soi. Augustin leur avait bloqué la route à quelques mètres de la cale et leur expédition avait avorté. Le ciel éclairci sonnant comme une promesse, il leur avait annoncé, le lendemain étant le dernier jour de stage, qu'on voguerait jusqu'à Chausey et qu'on y pique-niquerait. Les filles avaient fait la moue, « encore Chausey, on y va tous les ans », mais au fond elles étaient ravies. Esther, en particulier, aimait Chausey. Chausey à marée basse, quand la mer ravale toute l'eau de sa salive et laisse derrière elle un paysage fantastique, lunaire, constitué de vagues rochers bruts et crénelés comme autant de petites dents en bouquet prêtes à vous croquer les mollets qui pointent dans les flaques d'eau sombre. Elle avait la sensation de débarquer sur une île lointaine, inconnue, peuplée de gargouilles ou de murènes, désertée par les humains en tous les cas. Elle s'y sentait bien.

Solange, en rentrant, avait appelé Aimé Binet pour lui proposer de prendre la navette pour Chausey le lendemain afin de l'y rejoindre. Il avait répondu qu'il y viendrait, à Chausey, mais seul. Le Petit et le Bleu préféraient jouer à la console pour leur dernier après-midi à Ambreville. Le téléphone avait sonné à l'instant où Solange avait dit « j'ai hâte » à Aimé Binet. Solange avait à nouveau décroché. C'était Hélène, la mère d'Esther, qui voulait lui parler. À travers la porte vitrée de la chambre d'Antoine et Françoise, Solange, des yeux, avait interrogé Esther, qui lui avait répondu d'un pouce tendu vers le sol. Solange avait dit qu'Esther était sous la douche et qu'elle rappellerait. Derrière la vitre, Esther avait redressé son pouce et Solange avait cligné des yeux.

Dans un coin, derrière le pan de rideaux traversés de soleil, Esther vit une silhouette noircie par la lumière se diriger vers la maison. Elle plissa les yeux. C'était bien ce qu'elle pensait, c'était cette silhouette qu'elle attendait, c'est ainsi qu'elle le formula. Mais en réalité, le contour de cette silhouette, celle du Petit, elle le redoutait. Le garçon avait avancé de quelques pas et se tenait maintenant derrière la clôture qui dessinait des *H*, *H* pour *Hortensias*, les bras croisés, les pieds plantés dans le sol comme s'il était déterminé à prendre racine pour faire pousser les os de ses bras qui viendraient, drôles de branchages, toquer à la fenêtre d'Esther. Ses cheveux noirs avaient, au soleil, la même teinte bleutée que le plumage mouillé du pic épeiche.

Elle savait qu'il viendrait, c'était convenu. Pourtant elle ne pensait pas qu'il oserait s'approcher si près de son nid. Elle n'aima pas cette intrusion : elle lui avait demandé d'être discret. Mais, de même qu'il ne l'avait pas laissée conduire l'auto tamponneuse au Coup de dés, il n'avait suivi aucune des consignes, pourtant claires, qu'elle lui avait données depuis le début de leur *collaboration.* Ce serait la première et la dernière.

— Estheeeer, mais qui voilà ? demanda, mutine, la voix de Phil depuis la chambre mitoyenne. C'est la *pasión*, à ce que je vois, continua cette voix qu'un rire secouait comme le manège les avait secouées la veille.

Esther prévoyait beaucoup de choses, mais elle n'avait pas prévu que le Petit prenne si peu de précaution. Elle avait laissé en évidence le vernis à ongles sur le rebord de la fenêtre de la salle de bains pour occuper Solange et Phil pendant qu'elle mènerait des affaires qui ne regardaient qu'elle. Elle allait, une fois de plus, devoir improviser.

— Oui, soupira-t-elle, c'est *désolant* d'avoir autant de pouvoir sur les hommes.

Solange et Phil pouffèrent. Esther posa pied à terre et ramassa sans bruit sa sacoche qui gisait, gueule ouverte, sur le sol. Elle la glissa sous un bras, tout contre son tronc, à l'endroit où on cale les chatons récalcitrants, et descendit doucement l'escalier. Elle ne souhaitait pas être aperçue. Dans le salon, son grand-père regardait la télévision. Elle entendait, derrière la porte de sa chambre, le crépitement de friture que faisait la voix de sa grand-mère quand elle suspendait ses lèvres au téléphone. Sa voix qui crépitait au-dessus de paroles vides, à son habitude, pour couvrir les mots qu'elle pourrait dire et qui auraient un sens. Elle se faufila dans la cuisine, prenant bien soin de ne pas frôler l'horloge, et sortit par l'entrée nord, sans fâcher le carrelage en poussant trop brusquement le cadre de la porte. Cela l'aurait fait hurler.

Le Petit attendait à présent devant le portail, coiffé du bleu que le soleil liquide faisait fondre sur son crâne. Il se tenait immobile comme la peau qui sèche, l'air mauvais. Il fit un signe de la main, avant de replacer ses bras le long du corps tel un hanneton contrarié. Un signe d'impatience.

— On avait dit treize heures trente, j'ai pas que ça à faire moi !

— On avait aussi dit pas complètement devant chez moi, rétorqua Esther tout bas, tu étais censé attendre au bout de l'allée.

Elle lança un regard vers le royaume des enfants. Les visages de Solange et de Phil s'animaient derrière une des fenêtres que le soleil faisait briller. Phil faisait mine de laper la vitre à grands coups de langue, singeant un baiser langoureux, tandis que Solange lui assénait, à l'aveuglette, une pichenette sur le crâne, ne quittant pas Esther des yeux. Esther et le Petit firent quelques pas, juste assez pour disparaître du champ de vision des deux cousines. Esther les fit encore se déplacer et ils se retrouvèrent contre le tronc d'un grand pin, à l'abri de tous les regards, même de ceux des oiseaux et des écureuils. Sait-on jamais.

Il faut savoir qu'Esther fréquentait le mensonge très régulièrement. À une époque, par exemple, sa mère s'était souciée du fait qu'elle ait peu d'amis à l'école. Elle en rentrait toujours seule et n'avait aucun nom à donner lorsqu'il s'agissait d'inviter des camarades à son anniversaire. Esther ne s'en portait pas plus mal, mais elle voyait bien que sa mère était contrariée de n'avoir aucun carton d'anniversaire à envoyer à personne. Alors Esther avait menti.

Elle s'était inventé une amie, qu'elle avait appelée Constance Mervesi. Pourquoi Constance ? Pourquoi Mervesi ? Allez savoir, ça sonnait bien, voilà. Et puis, Mervesi ça ressemblait un peu à « merveilleux », alors, franchement, pourquoi pas ? Elle lui avait inventé des parents avocats et autoritaires, une sœur mégère et brillante, une gouvernante dévouée et une passion pour la danse classique, qu'elle avait décidé d'embrasser quelque temps pour rendre leur amitié plus crédible. Elle racontait à sa mère les films que Constance avait vus, ses ballets préférés, *Giselle*, un ballet *tragique* – c'est ce qu'Esther avait lu dans l'encyclopédie –, les repas que Constance avait pris, les notes qu'elle rapportait, toujours excellentes et qui décevaient tout de même ses parents. Les Mervesi étaient exigeants. Elle avait décrit le bel appartement familial et surtout les jouets extraordinaires de la chambre de Constance. Elle s'était attardée sur cette partie en détaillant ceux qu'elle-même aurait voulus dans sa chambre, espérant par là inspirer, peut-être, sa mère, et faisant, comme on dit, d'une pierre deux coups. Bientôt, Hélène ne l'interrogea plus sur ses relations avec Constance mais lui posa exclusivement des questions sur ses parents, leur appartement et leurs réussites. Esther comprit qu'elle avait été trop loin, que sa mère jalousait en quelque sorte les victoires de ces parents de papier. Ce n'était pas le but. C'était le signe que son mensonge avait trop vécu. Alors elle inversa la courbe. Encore une fois, elle agissait toujours pour le bien de sa mère. Le père de Constance se découvrit un penchant simultané pour le jeu et la bouteille qui eurent raison de lui, de son affaire et de son ménage. Pour couvrir les dettes accumulées par ce patriarche inconséquent, madame Mervesi, éplorée, avait dû vendre tous les jouets de Constance – Esther insista à nouveau sur cette partie en énumérant les jouets dont elle rêvait, la première fois ça n'avait pas fonctionné –, tous les beaux meubles qu'ils avaient achetés avec les honoraires de leurs dernières plaidoiries. La famille avait quitté l'appartement dont Esther avait imaginé les moindres recoins pour s'installer dans un deux-pièces en lointaine banlieue. Esther n'avait pas précisé le nom de la ville, elle n'en connaissait aucune. Elle ne pouvait pas non plus, cette fois-ci, le décrire à sa mère car Constance avait toujours refusé de l'y inviter – trop sordide. Surtout, la pauvre Constance avait dorénavant de bien moins bonnes notes qu'Esther, mais elle avait des excuses, la pauvre chérie, disait Esther entre deux soupirs empathiques, sa vie était si dure. Au fil de ces mésaventures, le sourire avait regagné les joues de sa mère et Esther s'en était félicitée. Jusqu'à ce qu'un soir Hélène vienne la trouver, sourcils froncés, sur le bord de son lit, pour murmurer dans la pénombre : « Tu sais, ta bonne amie Constance... Peut-être que nous pourrions un peu aider ses parents, tu ne crois pas ? » « Comme tu es gentille, Mamounette », avaient grincé les dents d'Esther tandis que, dans sa cervelle, une petite meurtrière élaborait déjà en détail la disparition imminente et spectaculaire de toute la famille Mervesi. Un meurtre *prémédité,* forcément. Esther avait attendu un temps raisonnable, quelques jours, pour rentrer de l'école en versant par saccades de très grosses larmes. « Maman, le malheur ! Le malheur ! On pense qu'il ne frappe jamais deux fois au même endroit comme la foudre. Eh bien on se trompe ! Et comme on se trompe ! » avait-elle gémi en se frappant le front de sa petite paume couverte du sang de ses victimes imaginaires. Constance et toute la famille Mervesi avaient tragiquement trouvé la mort dans un accident de voiture, un camion Haribo rempli de rouleaux de réglisse – les détails réalistes font la force d'un bon mensonge, s'était-elle dit en préparant sa scène de crime – avait percuté le mobil-home dans lequel ils s'étaient retrouvés, n'ayant pu payer leur loyer à temps. On disait même qu'on avait trouvé, dans le poing serré de Constance, un rouleau de réglisse barbouillé de sang. « Son dernier plaisir, avait soupiré Esther, pauvre petit ange. »

Hélène, soulagée que l'amie imaginaire de sa fille disparaisse enfin, fit envoyer une gerbe de fleurs à l'école d'Esther, comme un dernier hommage, l'amour d'une mère pour sa fille. Le directeur de l'école, qui ne comprit pas le geste mais aimait les pivoines, les garda dans son bureau pendant plusieurs mois.

Esther convoquait souvent le mensonge, de préférence la nuit, le façonnait méticuleusement. Elle le courbait dans tous les sens afin de lui donner une bonne gueule de vérité, avant de lui tordre le cou et de s'en débarrasser, comme on jette un corps encombrant du haut d'une falaise. Quand elle mentait, elle sentait sa langue molle se durcir, devenir dure comme du bois, comme un sabre qui assénerait des semi-vérités et des quarts de faits suffisamment tranchants pour éventrer toute question supplémentaire. Le mensonge, c'était sa troisième jambe, la béquille solide qui l'aidait à fuir les situations délicates, la tête haute. C'était son os le plus intime, celui qui n'était pas dans son squelette. Le seul os sur lequel elle avait un pouvoir, qu'elle faisait pousser jusqu'à ce qu'il prenne vie, se pare de chair, se remplisse de sang, remue, fasse diversion, puis se gangrène, à la suite de quoi elle procédait à l'ablation et s'en débarrassait pour toujours. Esther mentait couramment et fréquemment. Ce n'était pas pour elle, elle aurait très bien pu vivre sans mensonge. C'était pour les autres, à qui la simple vérité ne suffisait pas, à qui il fallait raconter d'autres histoires, un peu différentes, chanter d'autres berceuses, afin d'endormir leur vigilance. Elle leur administrait un mensonge pour les calmer comme on fait boire une tisane innocente et, somnolents, ils la laissaient en paix. Cela marchait toujours, pour un temps. Constance et sa famille, Esther n'avait pas fait ça pour elle. Elle allait très bien. Elle l'avait fait pour sa mère, c'était elle qui avait besoin de réconfort. De même pour le Petit, elle n'avait pas fait ça pour elle. Elle sortit de sa besace le billet de cinquante euros d'argent de poche que sa mère lui avait donné pour sa semaine de vacances.

— Juste cinquante ? s'indigna le Petit en baissant les yeux, dédaigneux, sur le billet.

— On avait dit cinquante pour une pelle, un peu de comédie et le silence, rappela Esther, c'était très bien, contrat respecté, voilà cinquante euros et surtout tu n'en parles à personne.

— J'ai fait quelques improvisations, ça mérite peut-être un petit pourboire, non ? argumenta le Petit.

Il énuméra les prestations. Il avait payé toutes ses conneries, ses chiques, sa barbe à papa, il avait partagé son jus de pamplemousse, il lui avait acheté son ticket pour les autos tamponneuses, c'était grandiose les autos tamponneuses, tout le monde les regardait, « c'est bien ce que tu voulais, non ? ». Un baiser sous les projecteurs ! Il avait suivi les indications au pied de la lettre, n'avait rien dit à Aimé et Kamil qui lui avaient demandé pourquoi il avait roulé une pelle à une gamine, une rouquine en plus ! Il mima quelque chose qui ressemblait à du dégoût. « C'est quand même pas incroyable pour ma réputation, mais je l'ai fait ! » Il y avait sur ses traits un air de dignité revêche, de bon soldat qui aurait accompli une sale besogne. Il lui avait jeté des regards *langoureux* comme elle l'avait demandé et il avait ajouté la langue en supplément pour faire plus vrai ! Franchement, il avait dépassé les attentes… Il tendait la main avec la certitude d'un trapéziste qui sait qu'il va rattraper sa barre.

— Non mais c'est bon, le coupa Esther, dans un souffle excédé, c'est bon, tiens.

Elle prit cinq euros de plus dans son porte-monnaie.

— C'est tout ce que j'ai, mais t'es gonflé franchement, c'est pas comme si t'avais dû manger des algues ou te tartiner de bouse de vache, et puis t'as englouti la moitié de ma barbe à papa…

— Ben franchement, fit-il en prenant le billet des doigts d'Esther. Bon, ça va pour cette fois mais t'es pas ultra-généreuse, parce que j'ai mis du cœur à l'ouvrage.

Esther n'avait pas aimé la manière dont Camille, Louane et Solange avaient ricané à la cale, il y a quelques jours, quand elle avait dit qu'elle roulait des pelles. Rouler des mécaniques, rouler des mécaniques, vous allez voir ce que vous allez voir. Et les rouages de sa cervelle s'étaient emballés. Avec la complicité du Petit, qui avait un coût, cinquante euros, un *prix d'ami* qu'ils avaient fixé dans le secret des pins du tennis, eux seuls avaient entendu, elle avait fait germer en quatrième vitesse l'ivoire d'un os dont elle n'avait pas besoin, celui qui soutiendrait sa fausse charpente de fausse adulte, le temps d'une soirée. Le prix comprenait un baiser visible de tous, *fougueux* si possible, et des *preuves* d'affection. Le Petit avait, à sa manière, rempli son contrat.

Il fourra rapidement les billets dans la poche de son jean et lui tendit à nouveau la main. Sans doute pensait-il son geste viril. Mais c'était le Petit, et il portait bien son nom. Esther ne vit qu'une toute petite main de tout petit homme qui venait d'empocher une toute petite somme.

— À bon entendeur, ma grande ! N'hésite pas si t'as besoin l'été prochain, j'étais ravi de faire affaire avec toi, en vrai c'était plutôt marrant !

— Mouais, répondit Esther, renfrognée. Bon, amusez-vous bien avec votre PlayStation demain. Et peut-être à une prochaine fois... Je sais pas si je reviendrai ici l'été prochain.

Elle serra sans plaisir la main que le Petit lui tendait, cette petite main qui avait si fortement compressé sa nuque la veille. Elle s'était même demandé si elle n'en avait pas gardé l'empreinte et regretta de ne pas avoir d'yeux derrière la tête pour le vérifier. Elle jeta un dernier regard inquiet à ces lèvres qui s'étaient collées aux siennes. Elle sentit dans son ventre ses viscères se démêler, s'écarter les uns des autres, libérant de l'espace pour un étrange sentiment de soulagement, le sentiment de s'être débarrassée du poids du membre qui lui avait poussé la veille, qu'elle allait pouvoir donner à dévorer aux monstres du sommeil. Elle regarda s'éloigner ce faux complice jusqu'à ce qu'il disparaisse là-bas, du côté de l'allée où on n'allait pas.

29

Les filles étaient à la plage quand la berline des Grégoire franchit le portail des Hortensias. Les pneus avaient glissé dans l'allée, comme sur un chemin gelé, pratiquement sans bruit, à peine le crépitement d'un chapelet de coquilles d'escargot vides, avec lequel Esther avait un peu joué la veille, l'agitant comme on agite des maracas. Le bruit des écailles frappées les unes contre les autres était presque le même, presque semblable à celui des os sournois qui poussent la nuit. L'engin l'écrasa en une fois.

À leur retour, la maison était vide. Elles en conclurent que leurs grands-parents avaient emmené leurs invités au golf. Les Grégoire, élégamment, n'avaient laissé que peu de traces de leur arrivée. Mais pour Esther, c'était déjà trop. La berline avait disparu. Jean – monsieur Grégoire – avait insisté pour qu'ils se déplacent à deux véhicules. Il aimait être aperçu au volant de sa voiture. Sur ce volant ne se posait jamais qu'une main, la sienne, gantée de cuir. Mais Esther, qui avait appris comment repérer la piste des bisons dans le *Manuel des Castors Juniors*, devina immédiatement qu'ils avaient pris possession des lieux. Il y avait les deux valises posées de part et d'autre du grand lit dans la chambre d'amis, c'est Solange qui avait noté ces premières marques de l'occupation de leur territoire. Il y avait surtout, tapissée sur tous les murs de la maison, une odeur étrangère, l'odeur de cœur de marguerite chauffée au soleil, dont Esther comprendrait plus tard qu'il s'agissait du parfum de madame Grégoire. Le baume était si fort qu'il couvrait presque l'odeur rouillée de la cuisine. Ces parfums mêlés étaient entrés dans les narines d'Esther pour la prévenir que quelqu'un s'était introduit chez les Demage. C'était intolérable.

Elles n'en parlèrent pas directement, mais elles étaient profondément perturbées par cette intrusion et elles en voulaient à leurs grands-parents de ne pas avoir fait camper leurs vieux invités dans la prairie, ça leur aurait fait les pieds. Monsieur Grégoire aurait pu dormir à la belle étoile, à proximité du firmament et de sa voiture, encore chaude, qui dormirait du bon sommeil des bêtes à l'étable. Il n'en aurait certainement pas été plus mécontent. Elles avaient silencieusement décidé de résister et manifestèrent leur mécontentement muet en ne sortant pas un orteil ni même un son de leur chambre avant qu'on ne les appelle pour le repas. Elles communiquaient par légers signes, songeant que l'effacement soudain de leur existence rendrait plus inadmissible encore la présence obscène d'étrangers aux Hortensias. Farcie du mutisme des trois cousines, la maison était comme étouffée et ne laissait exhaler que quelques éclats de rires convenus, le haussement de la voix de trompette bouchée de Françoise qui parlait pour ne rien dire et le timide bruit des glaçons dans le kir, qui remontaient de temps à autre à la surface d'un verre un peu sale.

Peu avant huit heures, Françoise appela à table. Un vacarme dans l'escalier annonça l'arrivée des trois filles, Solange en tête. Antoine était déjà assis à sa place de maître, les deux mains sous le menton. Il parcourait la pièce de son œil de vieil âne, le sourcil levé et sans repos. Françoise avait dressé le couvert sur une nappe de lin bleu, propre et lisse comme la mer après l'orage. Quelques miettes de pain éparses aux abords de la corbeille, comme autant de petits grains de sable, donnaient à l'ensemble l'allure contenue d'une plage en bouteille. La vaisselle, celle des grands jours, avait été exhumée des profondeurs de la desserte. Porcelaine claire sur le rebord de laquelle d'élégants personnages à longs chapeaux et à grandes jupes pêchaient des truites de faïence au bord d'un étang bleu roi. À chaque bout de la table, deux saucières d'argent se cambraient, le dos plein à ras bord d'une mayonnaise crémeuse. Esther éprouva l'envie d'y plonger la main et peut-être même son corps entier afin de goûter sur sa peau l'onctuosité en couches de cette bouillie de papillon jaune. Au centre, une demi-douzaine de tourteaux au plumage orangé, légèrement humide, étaient disposés sur un plateau d'argent comme sur l'estrade d'un amphithéâtre. Leurs pépins d'yeux cerclés d'un monocle noir et leurs pinces repliées dans un manchon invisible leur donnaient l'air de professeurs sévères. Ils attendaient, comme le reste des convives, le début du repas. Leurs yeux sans vie ne pouvaient pas voir qu'à la gauche de chaque assiette une main cruelle avait déposé un casse-noix qui, ce soir, ne devait briser aucun fruit. À la droite d'Antoine étaient assis deux inconnus. La femme dégageait la puissante odeur de marguerite rôtie qu'Esther avait sentie un peu plus tôt. Elle se tenait très droite, droite comme un tronc solide et ancien, droite comme la perche d'un cheval de manège sur lequel on grimpe en toute confiance. Ses longs doigts fins couronnés d'une bague au diamant rose avaient sans aucun doute le pouvoir d'apaiser les colères d'une caresse légère. Ses traits réguliers laissaient imaginer un tempérament calme et juste, ses cheveux tirés dans un chignon gris avaient dû être blonds, doux au regard comme au toucher et quelque chose dans le marron de son œil accentuait cette douceur. Esther avait en revanche évité de trop dévisager son mari. La froide pointe d'acier de ses petits yeux l'avait effrayée quand elle avait croisé son regard et elle avait fait mine de vouloir se servir de l'eau pour baisser le front et ne plus jamais le diriger vers lui tant que la pointe la menacerait.

— Alors, dit madame Grégoire, vous êtes donc les fameuses petites-filles ! Enchantée ! C'est bien gentil de nous faire une place là-haut !

Le mari d'acier grommela que ce n'était pas *gentil*, c'était *normal*. Ce n'était pas leur maison, elles n'y faisaient pas la loi, elles ne décidaient pas qui avait le droit de dormir à quel endroit. Elles n'avaient pas à être *gentilles* avec madame Grégoire, elles obéissaient à leurs grands-parents.

Les doigts de fée de madame Grégoire, décontenancés, cherchèrent un objet auquel se raccrocher. Ils s'agrippèrent à sa serviette rêche, la compressèrent à trois reprises puis la déplièrent sur ses jambes qui secouaient ses pieds ligotés dans des sandales à lanière d'or.

— Bien sûr, bien sûr, mon Jean, se reprit-elle en glissant sur son visage une expression amusée, cuirasse de fortune contre les coups de griffe que les mots de son mari y avaient plantés.

Solange, que le ton de l'échange gênait, précisa que cela leur faisait plaisir, et ce malgré l'œil rond de Phil, plus rond que celui des poissons argentés étendus sur leur lit de glace les jours de criée à Granville. Ce qui voulait dire « menteuse ».

Françoise, un plat de macédoine et l'odeur de rouillé émergèrent de la cuisine.

Il fallait se servir. Il y avait de la mayonnaise, de la macédoine et il restait trois tourteaux dans la cuisine. Elle avait préparé une bonne crème renversée pour le dessert. Elle pria Héloïse Grégoire de se servir la première, ajoutant sous un léger rire qui ressemblait au hennissement d'un poulain malingre qu'après la partie de golf de l'après-midi elle en avait bien besoin.

— Lamentable, oui, maugréa monsieur Grégoire, pas fichue de tirer droit, elle met la balle où bon lui semble, partout sauf dans un trou. Tu seras privée de dessert, tiens !

Tout en s'emparant d'un tourteau pour le jeter dans son assiette, il éclata d'un rire sourd dans lequel grésillait une poignée de glaires. Esther se souvint de cet autre enseignement tiré du *Manuel des Castors Juniors* : les bêtes n'ont pas toujours besoin de montrer leurs crocs pour affoler. Françoise jeta un œil inquiet à Antoine, mais elle savait déjà qu'il ne dirait rien.

— C'était très *amusant*, en tout cas ! lança-t-elle comme une bouée à la mer.

Personne ne répondit. Esther fixait le tourteau dans son assiette. « Désolée, mon vieux, je préfère que tu ne voies pas ça », pensa-t-elle avant de prendre entre ses ongles la prunelle noire de ses yeux pour l'écraser dans la paume chaude de sa main, qu'elle essuya sur la nappe avant de démembrer le reste du corps. Les pinces d'abord, puis la carapace et le dos bombé comme un ballon qui en se détachant émit un bruit sec et fibreux avant de dégager un parfum de vase froide et visqueuse.

Solange et Phil mangeaient avec appétit. La mastication de Phil, plus encore que d'habitude, donna la nausée à Esther, tant elle pouvait imaginer la consistance élastique, poisseuse et presque vivante de ce qu'elle mâchait. Lorsque sa cousine croisa son regard, elle lui adressa un sourire liquide, encombré de crabe. Elle avait un poil de carapace entre les dents. Françoise s'échinait à faire la conversation. Elle creusait sa cervelle comme elle creusait la carapace du crustacé pour trouver une nouvelle cuillerée de banalités à servir à ses invités en attendant le dessert. Monsieur Grégoire ne parlait plus. Il concassait à la main son tourteau comme une noix gigantesque et ses doigts prenaient un plaisir évident à broyer. Madame Grégoire fit remarquer qu'il faudrait qu'ils défassent leurs valises avant de se coucher. Monsieur Grégoire s'arrêta et posa le crabe dans son assiette. D'abord, il ne s'adressa qu'à elle. Défaire les valises, il n'avait pas que ça à faire. C'était son travail à elle, défaire les valises, tandis que lui, son travail, ç'avait été, toute sa vie, tu m'entends, avait-il martelé en accrochant le regard du reste de la tablée et en haussant le ton, toute sa vie, de trouver de l'argent pour acheter un appartement, dans lequel mettre des valises qu'on aurait achetées, pour aller prendre les vacances qu'on avait achetées, qu'il s'échinait, oui qu'il s'échinait, tu m'entends, avait-il répété en plantant ses yeux dans ceux d'Esther, à construire, à amasser, à accumuler pendant qu'elle, toute sa vie, elle n'avait fait que défaire les valises. Sa voix était claire, presque faible, mais elle remplissait la pièce. Calmement, comme un jeu, il s'était saisi de la pince de son crabe pour la glisser entre la chemise et le dos de sa femme. Tous les couverts s'étaient posés. Phil avait éclaté de rire, Esther n'était pas bien sûre de vouloir rire. Madame Grégoire avait d'abord fait la grimace, puis, très rapidement, avec l'habileté d'un comédien qui est habitué à ce genre de scènes, avait hissé à nouveau le drapeau blanc de la sérénité. D'accord, elle déferait les valises seule, ce n'était pas la peine de s'énerver. Elle se cambra comme la saucière pour récupérer la pince sous son vêtement et la reposer dans son assiette. Monsieur Grégoire la lui reprit, est-ce que j'ai l'air de m'énerver, dirent ses lèvres et, sans un sourire, il la jeta cette fois-ci au visage de sa femme. Bonne à rien, juste à défaire les valises, dit-il à l'adresse d'Antoine. Les joues pâles de la femme blême s'empourprèrent.

Pourtant, elle souriait encore. « Tu as vu cette empotée ! » se moquait monsieur Grégoire. Il ne parlait plus qu'à Antoine. Il arracha les yeux de son crabe pour les coller sur le bras de son épouse. Esther lança un regard à ses grands-parents. C'était leur maison, ils devaient intervenir. Comment pouvaient-ils laisser une femme, n'importe qui, se faire traiter de la sorte ? Les cils d'âne d'Antoine étaient rivés sur son assiette. Il ne dirait pas un mot et n'ouvrirait la bouche que le lendemain. Il croiserait Esther dans la remise, lui prendrait le bras, plongerait ses yeux dans les siens et lui asśenerait, l'air grave, quatre mots : « Ne te marie jamais. » À l'autre bout de la table, Françoise faisait mine d'être absorbée par la crucifixion de son crabe ; sa bouche s'ouvrait bien pour engouffrer la chair animale, mais se verrouillait immédiatement et restait scellée, en vérité, scellée sur ses secrets, les secrets de la vie, les secrets des enfants, des enfants bâtards, des enfants malades, des enfants morts, tous ces mots qui ne sortiraient jamais de cette bouche incapable de rien exprimer d'autre que des banalités. Est-ce que le lendemain, elle raconterait la scène à sa voisine, avec pour toute conclusion que ç'avait été *amusant* ? Le regard d'Esther croisa celui de Solange qui lui répondit en langage d'yeux « Je ne sais pas, je n'ai jamais vu ça, je ne sais pas quoi faire » alors que Phil semblait se nourrir de l'horrible spectacle, la bouche ouverte et l'œil vide d'un chien qui ronge son os, attendant peut-être qu'une patte de tourteau lui tombe dans le bec. Esther, sidérée, n'osait plus bouger. Elle sentit la tête lui tourner et la chair du crabe, à peine engloutie, se réveiller dans son estomac. Elle avait la nausée. La nausée de ne rien dire, ou plutôt de n'avoir aucun mot à mettre dans sa bouche pour le lancer en contre-attaque et défaire l'ogre qui s'acharnait sur sa victime devant une foule de paysans amorphes. De sa bouche ne pouvait à présent sortir que de la chair de crabe mal digérée, le vomi de ce tableau qui l'horrifiait. La nausée, qui tourbillonnait, lui demandait si elle en verrait d'autres, des femmes à qui on jette des pinces de crabe dans le silence. La nausée qui remontait pour savoir si elle en avait vu d'autres. Après tout, cela ne laissait pas de cicatrices visibles, alors comment les reconnaître ? Est-ce que sa grand-mère en avait reçu, dans ses cheveux filasse, autrefois roux, des pinces de crabe ? Et sa mère ? Est-ce qu'elle devrait en recevoir, elle-même, bientôt, plus tard ? Et puis, comment les reconnaître, ceux qui vous lancent le crabe au visage ? Rien ne laisse présager que derrière un homme se cache un lanceur de pinces, si ? Les pinces poussaient-elles sur les os mûrs à la place des mains une fois passée l'adolescence ? Et surtout, pourquoi personne ne disait rien, pourquoi son grand-père n'arrachait-il pas le bras de cet homme comme il arrachait les pinces de son crustacé ?

L'image de madame Charip, sa professeure d'histoire, surgit dans son esprit. Elle la revoyait, poing brandi, raconter que les femmes étaient à l'abri, désormais. Qu'il y avait eu assez de révolutions, assez d'avancées. Que tout ce cortège avait fait son œuvre puis trouvé sa place dans les livres d'histoire pour que les filles et les petites filles à naître puissent vivre sans craindre les mariages, les nuits de noces et les pinces des crabes. Mais elle avait tort, se dit Esther. Elle avait le mauvais pressentiment, enrobé de mayonnaise, que, dans son enthousiasme, madame Charip avait oublié Françoise et son invitée, et les autres femmes qui n'étaient pas descendues dans la rue, celles qui avaient vécu à côté de cette agitation. Elle avait oublié celles qui avaient fermé les grandes fenêtres de leurs grands appartements sur la clameur des révoltées et détourné leur regard, pour protéger leur intérieur, qui était leur seule richesse. Ainsi renfermées chez elles, et dans un autre temps, sans emploi et au service absolu de leur mari et de leur progéniture, comme leurs mères et les mères de leurs mères, elles avaient continué de vivre comme elles avaient toujours vécu, dans leurs cuisines et leurs préjugés assaisonnés aux sentences de la baronne Staffe, conservant vainement leurs visons maudits dans les penderies pour les attacher au cou de leurs héritières, au prix, de temps à autre, de quelques griffures de pinces de crabe. Elles leur serreraient autour de la gorge des « Tiens-toi bien », « Sois gracieuse », « Souris », « Ne parle pas trop fort », « Écoute bien ton frère et ne t'exprime que lorsqu'il a terminé ! », autant de sentences destinées à les préparer à recevoir les pinces de crabe, à les empêcher de regarder par la fenêtre ce qu'il se passait dehors. Au lieu d'hériter du souhait de continuer la lutte, de libérer ses sœurs, Esther, dans le secret d'un riche appartement isolé de la marche du monde par de lourds rideaux de velours, avait hérité, pensa-t-elle soudain, du souhait visqueux d'être belle pour séduire un homme qui deviendrait un mari et qui sait, un lanceur de pinces. La malédiction des femmes et de leur soumission à ceux qui décortiquent les animaux pour les leur balancer à la figure se transmettait de mère en fille. C'étaient elles qui, en cabales, dans des ateliers clandestins, forgeaient les chaînes dorées de leurs filles pour les attacher au malheur. Tu es née fille, alors tu seras maudite, ma fille. Tu voudras être belle alors que la beauté se fane. Tu voudras être douce alors qu'il faut hurler pour exister. Tu voudras être aimée d'eux quoi qu'il en coûte. Si tu es trop belle, ils ne t'aimeront pas. Pinces de crabe. Si tu es trop intelligente, ils ne t'aimeront pas. Pinces de crabe. Tu seras à la merci des regards et cesseras d'exister lorsqu'ils se détourneront de toi. Si ton mari te trompe, tu baisseras les yeux et tu souriras doucement. Esther dévisageait Françoise. Tu ne diras rien à personne de ce qui t'angoisse, te ronge, t'humilie car cela, *chez nous*, ça ne se fait pas. Tu ne bougeras pas lorsqu'on te lancera des pinces de crabe et des yeux d'araignée de mer au visage, car tu es une femme et si ton mari le veut, il le peut. Voilà la prophétie qui se chuchotait tout doucement, comme chuchotent les crevettes grises à marée basse, dans le secret des appartements parisiens quand naissait une petite fille, et qui continuerait de se réaliser tant qu'il y aurait des femmes pour faire taire les autres femmes.

Le cœur d'Esther se pinça. Elle crut comprendre, à ce moment, mais ce n'était qu'une intuition, que pour ne pas étouffer derrière les rideaux et suffoquer dans la porte des fourneaux, il lui faudrait garder, loin de son cœur et de son corps, les pinces des crabes. La fin du repas fut précipitée. On servit la crème renversée et, pour la première fois de sa vie, Esther la trouva trop sucrée.

Le sixième jour

30

Les Grégoire étaient repartis comme ils étaient arrivés, sans bruit. Ils n'avaient pas dit au revoir. Ils étaient venus avec de maigres bagages, mais ils laissèrent derrière eux un pesant paquet. Le poids de la honte, pour chacun, de n'avoir rien dit, de n'avoir pas bougé, devant le spectacle d'une humiliation. La nuit avait refermé ses pinces sur les Demage et avait écorché d'abord leurs rêves, pincements et remords, laissant dans leur gorge l'arrière-goût poisseux d'un triste festin de crabes, jusqu'à ce que la pluie des ombres tombe sur le toit et lave leurs songes comme on se lave de ses péchés. Quand Esther se leva, le lendemain, elle pensa d'abord n'avoir fait un qu'un mauvais rêve. Ce n'est que lorsqu'elle vit les carcasses de crabes, charnier éventré, le dos retourné, laissées à l'air sur le buffet de la cuisine, qu'elle comprit que la scène s'était effectivement déroulée dans sa maison. Elle détourna les yeux comme elle les détournait parfois d'un joueur d'accordéon dans le métro : cela ne devait pas lui gâcher sa journée.

Les cousines avaient préparé un pique-nique pour l'expédition à Chausey. Elles avaient fait cuire des œufs. Il y en avait toujours trop dans le frigidaire, plusieurs boîtes de douze. Elles avaient froissé quelques tranches de jambon dans de l'aluminium et sur le chemin de la cale s'étaient arrêtées à la boulangerie pour acheter du pain frais et trois généreuses parts de flan. Esther avait insisté pour porter le baluchon. Elle aimait l'idée d'avoir entre ses doigts, emballé dans un torchon un peu humide, le goût de l'après-midi de soleil qu'elles passeraient sur l'île. Dans un sac à dos à part, Solange avait plié en fredonnant, un sourire accroché aux yeux, pensant sans doute à celui d'Aimé lorsqu'il la verrait dedans, une robe, sa robe blanche avec des cerises, sa robe *romantique.* Elle avait fardé ses yeux de noir et sa bouche de rouge. C'était l'écrin dans lequel elle ferait cadeau de son visage à Aimé. Esther l'aimait moins avec ce maquillage, ce feu rouge sur sa bouche qui signifiait *halte-là, non, je ne jouerai plus avec toi.*

Au club de voile, c'était l'effervescence. Augustin avait troqué sa salopette rouge contre une tenue de vrai capitaine. Il avait ramassé ses cheveux salés sous une casquette de baseball que la morsure des vents marins blanchissait par endroits. Ses lunettes étincelaient et son nez, son grand nez, semblait gonflé de plaisir comme le vent d'ouest gonfle les voiles de spi. « Il y a bon vent », dit-il, l'aller comme le retour se feraient rapidement et on pourrait en profiter pour explorer l'archipel. *Explorer*, cela plut à Esther, dont l'imagination se mit immédiatement en marche.

Sur le sable humide, devant la cale, les yeux de Solange souriaient toujours alors que ceux de Phil cherchaient le détail incongru qu'elle pourrait singer et qui secouerait les côtes d'Esther. Cela restait le plus important, après tout. Pendant que ses cousines gréaient le catamaran, sur la plage, Esther regardait l'horizon. Elle n'avait pas voulu penser à l'avenir tant qu'elle était aux Hortensias, mais au loin, tout près, aussi près que Chausey, se profilait un présent que les grandes marées rendaient visible, découvrant dans leur sillage la vaste étendue de jours moins longs et moins simples. Quelle chance avaient Solange et Phil ! Pour Solange, l'avenir consistait à imaginer combien elle serait amoureuse d'Aimé le lendemain et le jour d'après, et ainsi de suite. Pour Phil, bienheureuse insouciance, il n'y avait pas d'avenir, seuls le présent et les rires comptaient. Pour elle, Esther avait compris que l'avenir, après les vacances, ce serait la vie qui continuerait sans son père. Elle se contraignait à inclure ce fait dans toutes ses réflexions. Elle le savait désormais, elle ne pouvait plus faire comme si le temps des Hortensias, ce temps où rien n'est grave et rien ne compte, était infini. C'était presque impossible à croire, pourtant il fallait se rendre à l'évidence :

même ici, le temps passait et faisait pousser les os. Au loin, à Paris, il n'avait cessé de manœuvrer, pour achever d'épuiser son père. De réduire ses os en poudre afin de le recroqueviller encore plus et de faciliter sa descente sous terre. Esther se sentait envahie par la vague mélancolie qui ne s'accroche aux rochers qu'à la fin du mois d'août et secoue les branches des arbres pour faire tomber leurs feuilles. Elle serra le pique-nique contre sa poitrine, inspira l'air et le recracha, par dépit. Le temps infini ne rentrait plus dans ses poumons de vieil enfant.

La traversée fut néanmoins joyeuse. Tous les bateaux du club avaient facilement vogué sur la mer calmement rebroussée, traversant les bancs de méduses, et le vent de travers gonflait allègrement les voiles multicolores que le soleil brunissait. Les cousines, pour une fois, la dernière car elles ne retourneraient pas au club de voile l'été prochain, avaient obéi aux consignes d'Augustin. Il n'avait que très peu tourné son nez vers leur embarcation, occupé qu'il était à fendre gaiement les vents telle la fière proue d'un grand bâtiment prêt à voguer si loin, jusqu'aux Amériques, peut-être. Lorsqu'ils arrivèrent aux abords de l'archipel, la marée était haute. On amarra la file de petits bateaux et les zodiacs se relayèrent pour déposer les élèves sur le ponton encombré de casiers à homards. L'économie locale, précisa Esther, qui avait lu un jour un article sur les homards de Chausey, dans un numéro jauni de *Ouest-France* abandonné sur le buffet du salon.

Solange chercha des yeux la silhouette d'Aimé Binet, censé l'attendre à cet endroit, mais il n'y avait personne d'autre qu'un pêcheur mousseux. « Il devrait arriver avec la prochaine navette », prononça-t-elle en serrant les bretelles de son sac à dos sans que personne lui demande rien. Ses cousines acquiescèrent.

Augustin annonça un quartier libre. Il faudrait simplement être de retour pour seize heures, ce qui laissait le temps de faire le tour de l'île et de profiter de la marée basse. Solange proposa qu'on se rende à l'anse des Blainvillais d'où on pourrait surveiller l'arrivée des navettes. Esther et Phil la suivirent sur le petit sentier qui menait à la plage. Même si à Chausey, tous les chemins menaient à la plage.

C'était un drôle d'endroit, une éponge selon Esther, humectée de toutes les eaux de la Création, celles de la pluie, des rosées et de la mer venteuse. La mer y était présente partout sauf en son vallon où galopaient encore l'année précédente de jeunes veaux auxquels Esther avait donné un prénom, parmi lesquels le colonel Brandon et mademoiselle Patricia. Mais cette année, ils n'étaient plus dans le vallon. Peut-être étaient-ils, eux aussi, rentrés à Paris, songea naïvement Esther. Après tout, les os des veaux poussent aussi. À chaque pas, elles redécouvraient l'endroit tel qu'elles l'avaient laissé à la saison dernière, soulevant dans leurs foulées de souvenirs des tourbillons de tourterelles comme on soulève une colonie de fourmis en saisissant un caillou terreux. Elles retrouvaient les rochers bizarres bourgeonnant sur la plage et se dressant lentement dans le retrait de la mer. Sur l'étendue de sable, on confondait la roche noire avec les taches que projetait le soleil. Elles passèrent devant la maison du vieux marin, « Marin l'enchanteur », un homme à barbe dans laquelle avaient poussé quelques dents qui leur faisait toujours signe quand elles longeaient son potager. Mais cette année, il n'était pas derrière sa fenêtre et on leur dit au café qu'il était mort et qu'on avait dispersé ses cendres dans l'ancienne carrière de granit. Le vieux marin leur avait expliqué une fois que le granit avait servi à la construction du Mont-Saint-Michel, des quais de Londres et des bordures de trottoirs à Paris. Depuis, lorsqu'elle marchait rue des Pyrénées en équilibre au-dessus du caniveau, veillant sans savoir pourquoi à déplacer ses pieds sur une même ligne, Esther avait le sentiment réconfortant d'être encore là-bas, à califourchon entre la Seine et l'eau de Chausey. Quand arriva l'heure de la navette, les cousines rebroussèrent chemin pour retrouver le ponton et guetter l'arrivée d'Aimé. Solange marchait à pas rapides, devant, et ses cousines suivaient, laissant assez de distance pour éviter les injustes remontrances que les sourcils froncés de Solange laissaient envisager. Elles regardèrent les passagers débarquer. On ne voyait pas leurs visages, on distinguait seulement une masse mouvante, estivants en horde ordonnée, d'où perçaient vers le ciel, comme des étendards, épuisettes, harpons luisants et palmes fluorescentes. Le peloton les dépassa et le ponton fut de nouveau vide. Vide comme une évidence : Aimé n'était pas venu. La lèvre de Solange vacilla. Phil proposa, timidement, d'aller trouver un coin pour pique-niquer. Solange, tranchante, refusa et annonça qu'il lui fallait attendre la prochaine navette et qu'elles pouvaient bien aller pique-niquer ensemble, sans elle. Elle n'avait pas faim, de toute façon. Phil approcha sa main de l'épaule de sa sœur mais interrompit son mouvement quand elle croisa son regard assassin. Esther et Phil acceptèrent donc leur exil forcé, ramassèrent le baluchon et se mirent en route. En s'éloignant, Esther, dans l'œil de laquelle se reflétait la petite silhouette de Solange, désolée, sur le ponton, se remémora les paroles de la sorcière, à Granville, qui avait annoncé à sa cousine de grands malheurs. Peut-être avait-elle prédit sa rencontre avec Aimé, Aimé et ses doigts fins au bout desquels poussaient déjà peut-être de toutes petites pinces, Solange et ses bras ballants sur le ponton. Sa magie était puissante

Elles étaient reparties seules dans le sens inverse, à la recherche de camarades avec qui rompre leur pain. Elles trouvèrent à côté de la petite église un groupe peu intimidant qui les accepta, moyennant la part de flan de Solange. Le marché était honnête. Après le déjeuner, on voulut s'allonger comme des lézards sur les rochers chauds et faire la sieste jusqu'à l'heure du rendez-vous. Foutue sieste, pensa

Esther, partout pareil, pourquoi faire la sieste quand on peut *explorer*. Elle refusa donc, laissa Phil, déjà allongée sur son rocher avec les lézards, et partit, seule, en direction de l'endroit qu'elle affectionnait le plus. C'était une toute petite anse, qui, à marée basse, ressemblait à un coin de lune. Une épave herborée y était abandonnée. Esther avait longtemps cru qu'il s'agissait d'un squelette de baleine et pensait pouvoir trouver, quelque part sur l'île, Gepetto et Pinocchio, heureux et reclus, vivant dans une masure où crépitait chaque soir un bon feu. Un peu plus loin, un rocher, qui ressemblait à un mammouth, dominait les lieux, veillant sur les hommes qui y passaient. Le goémon qui poussait dans les interstices lui donnait cet aspect chevelu qui justifiait son nom de mammouth. Son relief inégal donnait naissance, quand l'eau se retirait, à de petits canaux qu'Esther suivait parfois pour voir à quelle civilisation ils mèneraient. Dans un coin, une femme courbée fauchait à la serpe d'impressionnantes poignées de ce même goémon, qui germait à peu près partout.

Esther tourna un peu sur elle-même puis repéra un rocher à peu près deux fois plus grand qu'elle. C'était ce qu'elle cherchait. Elle s'en approcha, posa sa main sur sa peau chaude, comme grêlée, et repéra à hauteur de son genou une entaille dans laquelle elle glissa son pied qu'elle avait au préalable déchaussé, sa basket s'enfonçant à demi dans la vase tel un hippopotame bienheureux. Elle poussa sur son talon et se hissa sur ce point d'appui. Le plaisir qu'elle ressentit en s'élevant était immense. Elle colla son corps contre la paroi comme pour prendre son pouls, ferma les yeux et chercha, à tâtons, l'encoche qui lui permettrait de poursuivre son ascension. Elle la trouva après quelques secondes, sourit, y glissa la main mais la ressortit aussitôt en braillant, car un petit crabe vivait dans l'encoche, qui avait senti ce que cette main avait fait à ses frères la veille et l'avait pincée en guise de revanche.

Esther perdit l'équilibre et retomba sur ses fesses, dans la vase.

— À quelques centimètres, tu te fendais le crâne.

Elle tourna la tête et reconnut, émergé derrière le rocher, le nez d'Augustin. Elle se remit debout et grimpa sur une pierre moins haute. Elle voulait être plus grande que lui. Contournant la grande roche, il s'approcha encore d'elle avant de se hisser, lui aussi, sur un bloc. Un bloc de taille très médiocre, pensa Esther. Entre leurs deux blocs coulait un léger filet d'eau. Esther et Augustin se faisaient face, chacun sur son caillou. Elle plaça ses mains sur ses hanches : elle ne savait pas quoi lui dire.

Il lui demanda ce qu'elle avait fait de ses cousines. C'était bizarre de la voir seule. Il avait toujours cru qu'elles ne formaient qu'une seule entité, comme des siamoises, il ne savait pas s'il existait un mot comme siamoises pour trois personnes. Esther non plus. Il passa sa main sur la peau grumeleuse du caillou.

— Solange est sur le ponton et Phil fait la sieste. Moi, j'avais envie d'explorer, j'aime bien cet endroit.

Augustin répondit que lui aussi, il aimait bien cet endroit. « Ça doit ressembler à ça, la lune », dit-il en pointant le ciel du doigt.

Esther fit oui de la tête et donna un coup de pied nerveux dans le filet d'eau.

Cela l'arrangeait qu'elle soit seule. Il devait lui parler, lui *dire un truc* et c'était pas plus mal que ce soit de lui à elle : ça ne concernait qu'eux, pas les autres, pas à sa connaissance en tout cas.

Augustin enleva ses lunettes. Il avait cette lueur verte dans le regard, cette lueur qui lui avait dit, au Roseau Penchant, « je sais, tu sais, nous savons. Les autres, non ».

Il savait pour son père. Il le dit rapidement, comme on enlève un pansement, sans laisser à Esther le temps de réagir. Il savait pour son père car Françoise l'avait prévenu, continua-t-il.

— Mais quand ? balbutia Esther, prévenu de quoi ? Je comprends pas…

Augustin lui raconta que, le premier jour de stage, au matin, Françoise avait appelé le club. Elle les avait prévenus que le père d'Esther était malade, que c'était sérieux, qu'il fallait… qu'il fallait faire un peu plus attention à elle, voilà tout.

Esther n'était pas habituée aux paroles qui s'échangeaient sans elle, à son sujet, au monde qui se construisait dans son dos, aux portraits que l'on brossait d'elle dans le noir, sans la voir. Elle, elle le voyait, le monde, pourtant, elle le voyait plus qu'il ne la voyait elle. Elle le farfouillait, elle regroupait tous les indices, les lèvres qui tremblent, les pas qui se détournent d'un lieu qu'on évite, les yeux qui sourient, les cachettes des journaux intimes. Elle reconstituait la réalité des autres à partir des pelures, des miettes, des restes qu'ils oubliaient sur la table mais dont elle, elle se souvenait, toujours. Alors qu'il existe tout un monde qui avait échappé à sa vigilance, un monde dont elle était le centre, qui plus est, cela lui déplut.

— Ma mère aussi, c'était un cancer du pancréas, ajouta simplement Augustin.

C'était allé très vite, il ne s'était rendu compte de rien. Peut-être aussi ne voulait-il rien savoir, peut-être voulait-il juste croire, croire que ça n'était rien. Un petit grain voilà, il avait voulu croire que c'était juste un petit grain dans le ciel bleu, que tout était encore possible. Mais parfois, c'était autre chose et il ne fallait pas, non, il ne fallait pas faire comme si c'était juste un petit grain, on s'en voulait après, une fois la tempête passée.

Il s'arrêta puis baissa le regard qu'il ne pouvait plus plonger dans celui d'Esther car il allait lui dire des choses importantes. Des choses qu'elle ne voulait pas entendre, et il ne voulait pas voir ses yeux. Il chercha où l'accrocher, son regard, trouva un mousqueton qui vibrait au sommet d'un mât, loin là-bas, à l'endroit où mouillaient les barques à fond plat des pêcheurs de homards.

— En fait, ce que je voulais te dire et je suis content d'être tombé sur toi, j'aurais dû te le dire l'autre soir, au Roseau Penchant, mais il y avait trop de monde…

Ce qu'il voulait lui dire, c'était qu'il fallait parler. Il ne lâchait pas le mousqueton des yeux et les mots se précipitaient dans sa gorge. Il fallait parler, il fallait dire.

— Tu sais, peut-être pas maintenant, peut-être que maintenant tu ne sais pas quoi dire. Moi, en tout cas, je ne savais pas, se ravisa-t-il.

Il ajouta qu'elle pensait sans doute qu'elle ne pouvait se confier à personne, mais ce n'était pas vrai, il y avait des gens à qui elle pouvait parler, certains comprendraient ce qu'elle dirait, d'autres non, il fallait les oublier, ceux-là, pendant un temps, puis leur pardonner, surtout.

— Plus tard, tu sais, ils se rendront compte plus tard. On est tous humains, ce genre de choses, ça n'est réservé ni à toi ni à moi, c'est notre lot à tous.

Aujourd'hui, c'était eux, mais demain, ce serait au tour des autres, alors il fallait leur pardonner. Mais parler, oui, vraiment, parler à ceux qui écoutent, il fallait dire, vraiment. Augustin s'exprimait de loin, essayait d'être précis, de donner des exemples comme un ethnologue explique les coutumes d'un pays étranger aux ignorants. Il la préparait à son voyage.

Esther, effectivement, ne comprenait pas ce qu'il racontait. Il se trompait. Elle parlait, elle parlait tout le temps. Elle parlait aux feuilles mortes, aux souriceaux, aux nuages qui ont de jolies formes, aux robinets qui gouttent, aux hannetons plus légers que l'eau, aux fantômes, même. Mais aux autres, admit-elle, aux autres, non, c'est vrai qu'elle ne leur *parlait* pas. Elle minaudait avec ses grands-parents, ses professeurs. Elle riait avec ses cousines, elle pouffait, elle s'esclaffait, elle s'étouffait de plaisanteries, cela lui coupait le souffle comme on se coupe l'appétit et elle n'en avait plus assez pour dire, pour dire les vraies choses qui lui ouvraient les yeux la nuit et les remplissaient de larmes. Elle regarda Augustin, ses mains qui se tordaient, ses joues qui rosissaient, ses lèvres qui frémissaient. Elle se fit la réflexion qu'elle l'avait vue nue, cette graine d'homme, qu'elle avait vu les coins de sa peau que ses vêtements cachaient ordinairement, son sexe même – Esther pensa *son zigouigoui* –, mais qu'il n'avait peut-être jamais été plus nu qu'à cet instant, sur son rocher, les bras ballants, à évoquer sa mère, dépouillé de tous les habits de la bienséance, ces vêtements mal coupés qui rendaient inélégants ceux qui les portaient comme on porte une croix. Nu comme ça, elle trouvait que c'était la plus belle personne qu'elle avait jamais vue sur la terre et sur la lune, où elle irait un jour – c'était prévu.

Comme il continuait de parler, sans réfléchir, elle descendit, lentement, de son rocher, franchit, calmement, le ruisseau qui les séparait et, sans savoir ce qu'elle faisait, se blottit, doucement, contre lui. Elle enroula ses bras autour de son torse. Ses mots lui avaient fait du bien et elle voulait le remercier. Dans ce creux, tout d'un coup, pour la première fois depuis longtemps, depuis qu'elle était sortie de sa cachette au tout début des vacances, elle se sentait bien, il faisait bon, chaud, rien ne pouvait lui arriver. Elle y reprenait des forces pour les lendemains de tempête. Les bras d'Augustin se déployèrent et serrèrent, à leur tour, son petit dos nerveux. Le long de sa colonne, sa main balayait lentement, de haut en bas, une poussière invisible, la méchanceté du monde, et Esther sentait son amitié, une amitié simple, primitive, se déployer et se répandre dans tout son corps. Une larme coula de son œil et vint s'écraser contre le tee-shirt d'Augustin.

C'est à cet instant précis, elle le raconterait plus tard, qu'elle sentit le craquement. D'abord sourd, puis fébrile. Ses os avaient perçu quelque chose, comme le signal que cette fois-ci, c'était la bonne. C'était l'heure du grand déploiement. Tout d'un coup, et pour la toute première fois, Esther déplora que ses os soient encore courts. Elle voulut, à cette seconde, qu'ils poussent, qu'ils la transpercent, la dépassent. Elle se sentait plus grande que son corps. Elle voulut qu'ils s'étirent, loin, très vite, pour pouvoir serrer ses doigts de chaque côté du dos qui lui donnait sa chaleur, et prendre dans la même accolade, tout Augustin, tous ses mots, le rocher mammouth, le muret sur lequel Phil rôtissait, le ponton sur lequel Solange pleurait, le lit dans lequel son père luttait, la chaise sur laquelle sa mère attendait. Elle voulut avoir les bras assez longs pour saisir tout Chausey, toute la mer autour et puis Granville et les maisons et puis le monde entier et la lune et le soleil. Elle sentait qu'elle avait assez de force pour tenir tout cela, le joli et le moins joli, entre ses os, et que cette force, elle ne l'avait pas avant, parce qu'Augustin la lui avait donnée, à l'instant. Ce n'était pas tout à fait juste. Ce n'était pas Augustin tout seul. C'étaient ses parents, ses amis, Solange et Phil. Tous ceux qui tiendraient entre ses bras. Esther et Augustin restèrent ainsi, collés, pas assez parce que les os d'Esther étaient encore trop courts, communiant, jusqu'à ce que le soleil change de rive et que l'eau de la marée suave vienne lécher leurs mollets. Un homard qui passait par là, les prenant pour un rocher, s'était amarré à ceux d'Esther, qui ne sentit même pas, dans l'eau, qu'une pince faisait saigner sa peau.

31

Sur le trajet du retour, facilité par le vent arrière, le *bon vent*, Solange ne desserra pas les lèvres. Esther pensa qu'elle leur faisait payer, à elle et à Phil, l'inconstance du bel Aimé, qui avait préféré, désinvolture des maris infidèles, le grenier de ses grands-parents et la compagnie de ses amis à la grande aventure d'un premier amour que lui avait tendue Solange. Elle trouva cela juste, accepta volontiers de payer pour les péchés d'un autre et se soumit au châtiment pour l'exemple et par le silence. Dans son oreille, elle entendait se dissoudre les vagues dans la mer avec le même soupir que celui du fer à repasser qui souffle l'air chaud après un long après-midi de travail. Le silence lui permettait de sentir la lame qui remuait en elle et sous elle. Elle avait le sentiment de faire écho à la mer et à son chant bleu. Comme elle, elle se sentait changeante. Il n'y avait pas d'immobilité, il n'y avait que du mouvement, lent, cadencé, ondoyant. À l'inverse des changements terrestres, des tremblements de terre et des ravages, qui bousculaient tout en une fois, elle se sentait changer par vagues, comme l'eau. Elle chancelait et percevait dans son ventre le grondement timide des oscillations profondes et même sismiques qui préparent une chute en plusieurs étapes. Elle sentait que lorsqu'elle poserait le pied sur la terre ferme, elle ne serait déjà plus ni tout à fait la même, ni tout à fait une autre. Cela lui rappela un poème que son grand-père lui avait grommelé il y a longtemps. Elle avait de nouveaux pouvoirs, le pouvoir des grandes eaux, qui renfermaient en elles les algues noires, les poissons de velours, les grottes sous-marines, les capitaines Nemo engloutis que l'on peut entendre chanter quand le vent se couche, la flaque des yeux d'Augustin, et de grands os. De grands os qui contenaient en eux tout ce qu'elle avait vu, touché et tout ce qu'elle pourrait voir et toucher pour des siècles et des siècles. Elle sentait aussi qu'ils pouvaient se briser, ses os, comme les vagues se jettent sur les rochers, et cela lui faisait un peu peur. Elle se sentait profonde comme les abysses. Phil chantonnait sur le catamaran et Esther se demanda à quoi sa petite cousine pensait, à quel moment elle ressentirait les ondulations, le signe donné par le ciel pour que les os poussent du sol de sable vers le firmament.

Elles dirent au revoir au club de voile et à la saison prochaine. Esther se retourna pour enserrer

Augustin une dernière fois entre les cils de ses yeux qui se refermaient sur lui. Augustin qui avait murmuré « À l'année prochaine, et courage... Je sais que tu as de grandes épaules », ce à quoi Esther avait répondu « Peut-être », sentant effectivement ses épaules élargies pour recevoir le poids des choses. Le bon et le mauvais poids.

Elles firent le chemin vers Les Hortensias à pied, sans un mot. Françoise, curieuse, les attendait sur le pas de la porte, et voulut savoir si elles s'étaient bien *amusées*. Phil dit que oui et raconta quelques temps forts, le soleil, les cormorans, le pain frais sur le muret chaleureux de la petite église de Chausey. Solange partit s'enfermer dans sa chambre. Phil resta babiller dans le salon avec Antoine, qui n'écoutait pas et laissait mollement pendre ses vieilles jambes tandis que Françoise parlait, encore et encore, pour ne rien dire. Esther déposa les restes du pique-nique dans la cuisine humide et demanda si elle pouvait utiliser le téléphone. Françoise afficha un air surpris et lui répondit que oui, évidemment, ma petite cocotte. Esther contourna la grosse normande et entra dans la chambre de ses grands-parents. La poussière dansait dans le dernier rayon de soleil qui enveloppait la pièce encore tiède du long sommeil de l'après-midi. Elle s'approcha du téléphone et laissa sa main hésiter au-dessus du combiné pendant quelques secondes. Ses os étaient assez grands pour s'étendre et toucher le téléphone : elle était prête. Elle décrocha. L'haleine de sa grand-mère, des heures passées les lèvres suspendues au fil comme le linge qui sèche, la révulsa. Elle prit une grande inspiration, comme si elle voulait avaler ce moment, cette pièce et cette maison en une seule bouchée, puis composa sur les touches grasses dont les chiffres s'effaçaient le seul numéro que ses doigts connaissaient par cœur. Celui de sa maison.

32

Esther ne savait pas combien de temps elle avait passé au téléphone avec sa mère. Peut-être une heure, peut-être une minute. Elle n'avait pas entendu le carillon de l'horloge, elle n'avait plus rien entendu d'autre que la voix, si lointaine et si proche, grésillante et chaude de sa mère. Comme un tison qui vient titiller les braises rougies. Lorsqu'elle avait raccroché, il faisait nuit et elle savait que ce serait sa dernière nuit aux Hortensias. Elle avait demandé à Hélène de venir la chercher le lendemain, ce soir même si elle le pouvait. Le plus tôt possible. Elle voulait rentrer, elle devait rentrer. Elle voulait être avec elle. Et son père, à Paris. Elle avait fini. Oui, elle avait fini de se cacher. Quand elle avait reposé le combiné, ses doigts tremblants lui avaient dit merci. Merci de nous avoir soulagés. Et ses yeux qu'elle découvrit mouillés dans le miroir rond au-dessus du téléphone lui avaient dit qu'ils étaient tristes et qu'ils auraient aimé qu'il en soit autrement.

Solange, après avoir trouvé dans la boîte aux lettres un mot d'Aimé, s'était remise à parler, et avec une certaine tendresse, à sa cousine et à sa sœur. Elle n'avait pas voulu dire ce que contenait la lettre, exactement. Mais Esther et Phil comprirent qu'il s'agissait d'une lettre associant excuses sincères, vœux pieux et serments éternels. Et qu'elle avait plu à Solange, dont les joues roses et le léger sourire disaient « tout est bien qui finit bien ». « La *pasión* », avait conclu Phil. Ils avaient soupé tous les cinq, Solange avait ri de bon cœur, un silence gêné s'était installé au moment de se partager les restes du tourteau qu'on n'avait pas englouti la veille, mais s'était vite noyé dans le cidre et l'habile babil de Françoise. Puis elles étaient montées se coucher. Quand elle avait chuchoté « Bonne nuit » à Phil, Esther, en réalité, avait pensé « Au revoir ».

33

Peu après le treizième coup de minuit, les yeux d'Esther s'ouvrirent. Un bruit l'avait sortie du sommeil. Cette fois-ci, elle ne crut pas que c'était un chien errant. Elle savait dorénavant que la treizième heure était l'heure de récréation des fantômes. Elle se redressa, enfila ses pantoufles, soupira car elle redoutait de croiser Claude une fois encore, mais partit tout de même à sa recherche, par curiosité et pour lui faire, à elle aussi, ses adieux. Elle préférait la quitter en bons termes. Mais la chambre de Claude était fermée et aucune lumière ne filait sous la porte. Esther fronça les sourcils, quel vilain tour lui jouait-elle ? Elle tourna les talons. Le bruit continuait et se faisait plus sonore. Esther comprit qu'il prenait naissance dans la salle de bains. Elle poussa doucement la porte et découvrit, à quatre pattes sur le sol, entourée d'un halo éblouissant, Solange. Mais ce n'était pas sa Solange, la Solange amoureuse, fardée, bâillant de tous ses os poussés, qu'elle avait quittée quelques heures plus tôt. C'était la Solange de toujours, la Solange de dix ans, son amie, avec qui elle avait passé tous ses étés depuis toujours. Celle qui avait disparu il y a peu. C'était le fantôme de l'enfant Solange. Elle portait ses habits de toujours, ceux avec des petits personnages qu'elle avait remisés il y a quelques saisons. Oui, c'était bien sa Solange. Celle qui n'avait jamais mis de noir sur ses yeux et sentait bon le foin et les herbes folles, Solange que les oiseaux connaissaient et appelaient par son nom. Solange qui donnait, accroupie sur le carrelage, de petits coups d'ongles sur la vitre d'un bocal de verre dans lequel brillait le ventre jaune d'une luciole.

— Regarde, dit-elle, concentrée, la langue entre les dents, sans prendre la peine de tourner la tête vers Esther, elle brille et je pense qu'elle pourrait pondre de l'or ! Si seulement elle pondait plus vite, on deviendrait riches et on pourrait acheter tous les bonbons de la boulangerie, même ceux vendus à l'unité.

Esther s'accroupit à côté de la petite fille aux petits os. Elle lui demanda ce qu'elle faisait là, lui dit qu'elle pensait qu'elle était morte, que ça faisait longtemps qu'elle ne l'avait pas vue. La petite Solange s'esclaffa. Morte ! Elle, jamais ! Elle était increvable, n'en déplaise à l'autre. Elle raconta alors à Esther l'histoire de son bannissement, comment elle avait progressivement été exilée du corps de Solange, condamnée à errer ailleurs.

C'était depuis l'arrivée de l'autre, la Solange adolescente, celle qui n'aimait plus les bonbons et la rigolade, celle qui aimait les drôles de vêtements inconfortables, qui grattent ou qui vous serrent les fesses. Elle se passionnait pour des trucs pas intéressants genre les garçons, et Solange enfant se sentait de moins en moins concernée par ses grandes affaires.

— De toute façon, je dérange, parce que moi, les garçons ça me fait rigoler, et je sais que toi aussi.

Elle se tourna vers Esther la bouche déformée par un grand sourire. Esther remarqua qu'elle avait encore ses dents de lait et songea qu'elle avait dû les récupérer dans la petite boîte au sein de laquelle sa cousine les avait précieusement emmurées, sur sa table de chevet. Le fantôme se lamentait. Elle sentait bien qu'il n'y avait plus de place pour elle ici, Solange adolescente s'ennuyait avec elle et elle s'ennuyait avec Solange adolescente. Ça la rendait triste et elle savait que, quelque part, ça la rendait triste aussi, la grande. On l'avait peu à peu privée de ses droits, de sa liberté d'expression.

— Parfois, tu lui parles, j'aimerais répondre et elle me donne un grand coup dans les côtes pour me faire taire.

On la traitait comme un jouet qu'on a aimé et qu'on laisse prendre la poussière dans un coin.

— Parfois, comme un remords, elle vient me chercher. Elle sait où me trouver, dans les petits coins d'ombre et d'herbe, dans les farces, dans le goût sucré des bonbons qu'elle aimait. Elle vient me chercher et elle me prend dans ses bras. Elle serre fort à chaque fois, comme si on n'allait jamais se revoir.

Le petit fantôme se grattouillait la narine.

— Alors moi, je lui dis, moi, que je serai toujours là, même si elle me maltraite, tu vois, je serai toujours là, même quand elle aura des cheveux gris.

Cela faisait beaucoup d'émotions pour la petite Solange, qui commençait à renifler, tandis que ses joues brillantes luisaient de grosses larmes.

Esther comprenait tout ce que disait le petit fantôme, ces émotions, elle les avait éprouvées quand les os de Solange avaient poussé.

— Je comprends, dit-elle, à moi aussi tu me manques, je t'aime beaucoup, tu sais, tu es très importante pour moi.

Solange acquiesça en essuyant son nez dégoulinant d'un revers de manche pleine de confiture et de sauce tomate.

— Elle sait que c'est toi, reprit-elle après un court silence, tout en farfouillant dans une narine à la recherche, sans doute, d'une délicieuse crotte de nez.

— Moi quoi ?

— Elle sait que c'est toi, la lettre d'Aimé. Elle sait que c'est du chiqué, qu'il n'a rien écrit.

Esther avait rougi.

— Je lui ai dit depuis le début que c'était un gros nul, ce bellâtre avec sa tronche de cake, mais elle m'a pas écoutée. Elle me fichait dehors dès qu'elle pensait à lui. Elle sait que tu as écrit une fausse lettre pour la consoler, elle sait que c'est le genre de trucs que tu fais, et puis elle a reconnu ton écriture, tes petites pattes de singe, là.

Esther, en effet, une fois de plus, avait déguisé la vérité, pour le bien de Solange. À peine son coup de fil terminé, elle avait griffonné la lettre de pardon d'Aimé qu'elle avait prétendu découvrir dans la boîte aux lettres. Elle n'avait pas voulu voir sa cousine pleurer trop longtemps.

— Et qu'est-ce qu'elle a dit ? s'inquiéta Esther.

La petite Solange la rassura. De ce qu'elle avait compris, ça lui avait fait du bien. Ça l'avait touchée qu'Esther ait voulu la réconforter.

— Merci de me le dire, fit Esther en esquissant un léger sourire.

Le petit fantôme déclara, avec une fausse humilité, qu'il servait à cela. Mais qu'à l'avenir il faudrait utiliser son cerveau, que ce n'était pas très discret comme démarche, et puis qu'Aimé parlait comme elle dans sa lettre, avec ses mots compliqués, à expliquer des trucs pendant des heures.

— N'importe qui aurait compris, hein !

Le petit fantôme s'esclaffa, donna encore quelques coups d'ongles dans son bocal puis s'interrompit et prit un air grave. Elle leva ses yeux gonflés de sommeil vers Esther et lui dit qu'elle n'était pas venue la trouver pour lui parler de cette lettre idiote. Elle se redressa et s'éclaircit la gorge. Elle était venue lui faire ses adieux car, c'était décidé, elle ne rentrerait pas à Paris.

— Qu'est-ce que tu veux dire ? s'inquiéta Esther.

Le fantôme de Solange enfant soupira, concerné. Elle pensait que Solange adolescente en avait fini avec elle. Elle, elle allait rester ici, avec les autres, avec monsieur Gauthier.

— Je sais pas si tu l'as croisé, il est marrant, il porte un œil de gousset, tu devrais voir ça !

Et puis il y avait les autres fantômes d'enfants, Claude, leurs papas. Ils étaient comme elles, ils aimaient les mêmes jeux, c'était super de les rencontrer, on ne s'ennuyait jamais ici. Elle allait donc rester aux Hortensias avec les malles et les souvenirs. Ici au moins, elle avait sa place.

— Et puis, comme ça, ajouta-t-elle, chaque fois qu'elle reviendra, Solange adolescente, Solange adulte, peut-être un jour, elle me retrouvera. Dans un jouet, dans un habit, dans un coin de jardin. Et je sais que là, elle sera contente de me voir et elle me laissera lui parler.

— Mais, et moi ? se plaignit Esther dont les lèvres tremblaient. Ça veut dire que je ne te verrai plus qu'ici ?

Pour un temps au moins, oui, le temps qu'elle se calme, l'hystérique, là ! Peut-être, après, une fois qu'elle serait plus apaisée, reviendrait-elle vivre avec elle. Peut-être que devenue une vraie adolescente, puis une vraie adulte, Solange se rendrait compte que c'était trop difficile sans elle et lui ferait à nouveau une petite place.

La petite Solange disait cela sans sourire et sans y croire. Elle fixa un instant l'obscurité puis rassembla ses deux paumes autour du bocal à lucioles dans lequel virevoltait la petite balle de feu, qu'elle embrassa avant de le tendre à Esther.

— Tiens, celle-là, je te la donne. Ce sera ton Jiminy Cricket, attention, il est magique ! C'est un beau cadeau.

Esther saisit le bocal d'un geste qui se voulut plein de déférence. Après tout, il contenait, petite sépulture, toute l'imagination et la candeur d'un enfant qui venait de mourir. Elle remercia Solange et jura qu'elle lui revaudrait cela. La petite Solange s'était déjà redressée, avait épousseté la poussière de luciole qui recouvrait les manches de son pyjama, étiré ses bras et s'était élancée dans l'escalier, disparaissant dans la nuit. Et pour toujours de la vie d'Esther.

En se réveillant le lendemain matin, Esther sentit comme une bosse sous son oreiller. C'était le bocal. Mais à l'intérieur, il n'y avait presque rien, plus de luciole au ventre d'or en tout cas. Rien d'autre qu'une petite bille en agate, un œil-de-chat, qui avait appartenu à Solange, il y a très longtemps.

Le dernier jour

34

Lorsqu'elles rentrèrent de la plage le lendemain, la voiture de la mère d'Esther attendait, garée devant la clôture de la maison. Elles s'avancèrent à petits pas, juste assez pour voir bouger des ombres derrière les vitres. Les ombres d'Hélène, Françoise et Antoine, assis dans le salon, qui remuaient leurs lèvres et serraient leurs tasses entre leurs doigts préoccupés. Esther était trop loin pour en être certaine, mais elle aurait juré que les yeux de sa grand-mère étaient rouges comme un coquelicot. Elle devina que les paroles échangées entre les trois ombres avaient un poids, un sens, que des mots graves avaient été prononcés. Elle devina que même Françoise, pour quelques courts instants, avant de reprendre son babil de perroquet, avait écouté et parlé la langue des hommes. Antoine faisait dos à la fenêtre, aussi Esther ne devina rien de lui.

Sa mère tourna la tête vers l'extérieur et aperçut les trois filles. Elle fit un signe à travers la vitre et

Esther lui répondit. Le signe voulait dire « c'est bien ce que tu souhaitais ? » et Esther avait répondu oui. Ses bagages étaient prêts et sa mère, qui était sortie sur le perron pour embrasser Solange et Phil, les tenait à la main. Esther prit ses cousines dans ses bras et leur dit « À bientôt ». Elles ne se regardaient pas dans les yeux. La main de Solange pressa le bras d'Esther pour lui donner du courage. Esther posa un baiser sur chacune des joues de ses grands-parents, qui s'étaient lentement joints au cortège. Hélène lui demanda si elle était prête et Esther répondit qu'elle voulait juste faire un dernier tour du jardin.

Elle marcha à peine, quelques pas pour se retrouver du côté de sa cachette, de sa si bonne cachette. Elle lui semblait déjà si petite. Elle parcourut du regard, lentement, pour la dernière fois, tout ce qui était à portée d'œil.

C'était la dernière fois qu'elle voyait les choses de cet œil-là. L'œil d'Esther qui était encore Esther, l'œil d'Esther la robuste. Il lui serait arraché, cet œil, par la maladie victorieuse de son père qui l'empoignerait, l'extirperait de son orbite, et l'enfouirait avec lui dans le ventre de la terre. Sans son œil de candeur, à tâtons au milieu des ombres de ce qu'elle croyait connaître et qu'elle redécouvrait, elle deviendrait, pendant de longues années, Esther la boiteuse, Esther la borgne, Esther l'estropiée qui ne voit plus le monde que de l'œil qui lui reste. Celui qui a perdu la bataille, celui qui a rendu les armes et n'est rentré dans ses pénates qu'avec un malingre captif, le dernier sourire de son père.

Elle aurait voulu, comme par enchantement, que ce qui avait été touché par son regard se pétrifie et ne soit plus jamais caressé par le temps. Que cet instant ne passe jamais, qu'il dure éternellement. Elle regarda, comme on met au défi la statue d'un saint qu'on supplie d'accomplir un miracle, le tilleul et ses feuilles déjà chancelantes, le pâle frêne, le blanc bouleau, le verdier qui y était accroché, les nids de chenilles processionnaires qui coiffaient les grands pins en souhaitant très fort qu'ils se changent en pierre pour toujours. Mais déjà, le vent soufflant avait soulevé le duvet de l'oiseau et plongé les nids de chenilles à terre, la girouette en forme d'astronome au-dessus de la maison s'affolait, le temps se dégourdissait, s'étirait et s'apprêtait à fondre sur Les Hortensias. Il emporterait avec lui tout ce qu'elle avait cherché à emporter avec elle, la mine défaite comme Noé devant son arche. Il emporterait ses cousines et elle-même, à qui il ferait auparavant tomber la peau, les dents et les cheveux. Il prendrait sous son bras ses grands-parents et leurs secrets, leurs joies et leurs peines. Il les voûterait un peu plus chaque jour pour ne plus avoir qu'à les plier dans le caveau de famille comme du linge propre. Il prendrait, bien avant tous ceux-là, d'ici quelques jours, son père adoré et chenu et si rétréci et si malade et si courageux, le plus grand des hommes, dans un petit lit d'hôpital. Son père à qui elle dirait entre les grosses larmes qui éroderaient ses joues rebondies, et creuseraient dans leur passage le sillon des rides à venir, qu'elle était contente que ce soit lui, et pas un autre, son papa. Et il lui répondrait qu'il était content que ce soit elle, et pas une autre, sa fille. Ils se diraient qu'ils s'aimaient, et ça, le temps le lui laisserait gracieusement en échange de tout le reste. La phrase resterait intacte, chérie et figée pour toujours, comme un mourant de Pompéi, dans la cervelle d'Esther, lui rendant visite à l'heure où sortaient les fantômes des Hortensias, la treizième heure de la nuit.

Sa mère l'appela. Esther tourna les talons et sans un regard en arrière, de crainte d'atténuer les effets de son sortilège, elle monta dans la voiture. Elle ne vit pas, à la fenêtre de la grande chambre, l'ombre d'un petit garçon roux qui lui disait au revoir de la main, ni, tout au fond, à peine dessinée, l'ombre d'une petite fille qui lui ressemblait comme deux gouttes d'eau et agitait aussi sa menotte.

⋆

Si par hasard un promeneur échoue un jour dans l'allée des Soupirs et poursuit jusque devant la maison qu'Esther habita, il y verra sans doute une nature différente de celle qu'elle connut et tenta de pétrifier. Tout a changé ou presque, il n'y a plus de thuyas, plus de sable, plus de boules de feu brillantes aux bras des mimosas, les roses ne déploient plus mille mélodies de pétales selon leur savante partition et l'ombre du grand sapin n'enveloppe plus la maison de son odeur horizontale, lascive et démembrée. On a rangé dans une malle les poupées qui regardaient aux fenêtres, remisé le petit tracteur rouge qui dormait dans un coin de la prairie et les filets à papillons qui, digérés par l'humidité, n'avaient plus, accrochés à leur cercle, que les timides premiers fils d'une toile d'araignée. Les gambettes tremblantes qui poussaient à la cime des arbres ont mûri, se sont couvertes d'un pelage roux ou brun, toison de l'âge, puis sont tombées à terre comme des fruits trop mûrs, chassant leurs propriétaires du paradis des feuilles, des fleurs et des oiseaux. La clôture a été repeinte. Quelques tiges de jasmin y serpentent paresseusement, exhalant un parfum vert tendre, qui pourrait évoquer vaguement, mais ce serait une caricature, celui que dégageaient jadis les massifs d'hortensias au tout début du mois de juin.

S'il regarde attentivement, ce promeneur, à l'heure précise où le soleil se couche, son œil pourrait bien être attiré par l'éclat d'un rayon réfléchi dans l'acier rouillé d'une très vieille boîte à biscuits, posée tout à fait contre le mur de ce qui fut un petit abri à poubelles, au pied de la façade est de la maison. S'il s'approche du sarcophage de fortune qu'Esther avait dissimulé à cet endroit précis, pour les archéologues du futur, le jour de son départ, et qu'il ose le profaner, il se pourrait bien qu'il en exhume, préservés du temps, des aspérités de la vie et de la mort, immortels, si l'on peut dire, les trésors d'un enfant disparu. Des petits galets, des pièces de monnaie, des miettes de verre poli, une paire de lunettes cassée, une bille en agate. Et, couché dans un morceau de mousse de chêne, dont la capacité à conserver les parfums est connue depuis l'Égypte antique, qui en rembourrait ses momies, un bâtonnet de sucette embaumant le petit tombeau d'une entêtante senteur de chique à la menthe. Tapissant le fond de la boîte, enlacé dans un ruban de fillette, il trouverait, notre voyageur, un dessin très ancien et très précieux rabattu en quatre sur une feuille brune écornée aux bords. Et s'il le dépliait, avec toute la précaution nécessaire pour ne pas le réduire en poudre, il pourrait voir, de ses yeux mortels, de ses yeux très mortels, le rayon vert.

⋆

Je dois vous dire que je suis moi-même passée par l'allée il y a quelque temps en revenant d'une course. Et connaissant un peu l'histoire d'Esther, je l'ai cherchée, cette boîte, de mes vieux yeux. Je l'ai cherchée longtemps car elle l'avait cachée avec toute la science d'un drôle de petit animal. Je ne dis pas cela comme je pourrais le jurer, main sur le cœur, mais elle y était encore.

Oui elle y était encore, je le crois.

#lisez! engagé
www.lisez.com
Pour plus d'information :
Imprimé sur du papier issu de forêts gérées durablement.

CET OUVRAGE
A ÉTÉ ACHEVÉ D'IMPRIMER
SUR ROTO-PAGE
PAR L'IMPRIMERIE FLOCH
À MAYENNE EN SEPTEMBRE 2024

N° d'impression : 105465
Imprimé en France